In einem abgelegenen Bergdorf taucht ein Fremder auf und dreht alle Steine um. Fünf Freundinnen, die keine Kinder mehr sind, aber auch noch keine Frauen, sitzen auf dem Dorfplatz und beobachten ihn dabei. Der Mann, Georg Musiel, soll feststellen, dass dem Kalksteinbruch, ohne den das Dorf nicht überleben kann, nichts mehr abzutrotzen ist. Als es während seiner Besichtigung des Bruchs zu einem schweren Unfall kommt und Musiel verjagt wird, halten die Mädchen als Einzige zu ihm. Doch dann verschwindet eine von ihnen, und die strenge Ordnung der archaischen Gemeinschaft gerät aus den Fugen. Die Freundinnen ahnen, dass es einen anderen Ort für sie gibt, dass Freiheit möglich ist. Um sie zu erlangen, müssen sie sich gegen ihre Väter erheben.

ANDREAS MOSTER wurde 1975 in der Pfalz geboren. Er studierte Englische Philologie, Geschichte und Kommunikationswissenschaften und arbeitet als freier Übersetzer. 2017 erschien sein Debütroman *Wir leben hier, seit wir geboren sind*. Sein zweiter Roman *Kleine Paläste* wurde 2021 als Buch des Jahres mit dem Hamburger Literaturpreis ausgezeichnet. 2022 nahm Andreas Moster am 46. Bachmann-Wettbewerb in Klagenfurt teil. Er lebt mit seiner Frau und zwei Töchtern in Hamburg.

ANDREAS MOSTER

WIR LEBEN HIER, SEIT WIR GEBOREN SIND

Roman

 ARCHE

Die Originalausgabe erschien 2017 im Eichborn Verlag.

ISBN 978-3-7160-0002-1

Ungekürzte Taschenbuchausgabe
1. Auflage 2023
© 2023 Arche Literatur Verlag,
ein Imprint der Atrium Verlag AG, Zürich
Alle Rechte vorbehalten

Umschlaggestaltung: Designbüro Lübbeke Naumann Thoben, Köln
Umschlagabbildung: Thanapol Tontinikorn / Getty Images
Gesetzt aus der Dante MT
Satz: Pinkuin Satz und Datentechnik, Berlin
Druck & Bindung: GGP Media GmbH, Pößneck
Printed in Germany

www.arche-verlag.com
Instagram: arche_verlag
Facebook: ArcheVerlag

Für Petra

1

Ein Mann kommt in unser Dorf und dreht die Steine um und die Köpfe der Mädchen. Die Steine liegen auf einer weißen Mauer, die das Dorf vor dem Hang schützt. Die Mädchen sitzen auf dem Dorfplatz und beobachten, wie der Mann die Steine umdreht. Der Mann schlendert an der Mauer entlang, hebt die Steine mit der rechten Hand hoch und legt sie verkehrt herum wieder zurück. Die Köpfe der Mädchen folgen den langsamen Bewegungen des Mannes, der an der Mauer entlanggeht. Er trägt einen Koffer in der linken Hand, seine schmale, hochgewachsene Gestalt ist leicht nach links geneigt, wegen der Schwere des Koffers. Die Mädchen haben gesehen, wie der Mann den Koffer aus dem Zug gehoben hat. Sie haben nichts zu tun, ihre Langeweile liegt in der schweren Luft wie ein Gewitter, ihre Hände liegen zwischen den Beinen, während sie den Mann beobachten, der an der weißen Mauer entlanggeht und die Steine umdreht. Als der Mann das Ende der Mauer erreicht, halten die Mädchen den Atem an. Der Mann dreht den letzten Stein um und stellt den Koffer ab. Es kann nun alles passieren: Der Himmel kann aufgehen, der Berg kann ins Tal stürzen, der Mann kann zu Boden gehen. Die Mädchen können ihn ausweiden, bei lebendigem Leib. Aber wir tun nichts. Sitzen nur da, die Hände zwischen unsere Beine gelegt, beobachten, wie der Mann den Koffer hochhebt und den Dorfplatz überquert, eine schmale, hochgewachsene Gestalt, die von außen in unser Dorf gekommen ist.

Noch in der Nacht träume ich von dem Mann. Das Gewitter ist zwischen den Bergen hängen geblieben und kann nicht fort. Immer wieder rollt es mit gesenktem Kopf gegen den Hang, donnert gegen die Felsen und taumelt wutentbrannt ins Dorf zurück, schleudert uns seine Blitze vor die Füße und spuckt uns ins Gesicht, bis es müde wird. Das sanfte Grollen treibt mich in den Schlaf. In meinem Traum öffnet der Mann seinen Koffer und nimmt eine Welt heraus, ein Messer, ein Geschwür im Unterleib, ein Kind. Der Mann legt die Dinge vor mir auf den Tisch: die Welt, das Messer, das Kind. Mit dem Messer schneidet er die Welt in zwei Hälften, ich soll mir eine aussuchen, aber die Hälften sind gleich, und ich kann mich nicht entscheiden. Das Geschwür im Unterleib brennt wie ein schwarzer, zu einer Nuss verdichteter Stern. Ich will den Mann bitten, es mit dem Messer herauszuschneiden, doch meine Stimme ist leer und hohl, und meine Bitte haucht tonlos gegen seine Wange.

»Sprich lauter, Kind.«

Ich bin kein Kind mehr. Ich kann nicht sprechen. Der Mann steckt seinen Finger in meinen Mund und prüft die Stimmbänder, indem er daran entlangfährt wie an einer Bogensaite. Ich mache ein Geräusch, und der Mann fährt mit dem Finger über meine Zunge und aus meinem Mund heraus.

»Du kannst sprechen, Kind.«

Ich bin kein Kind mehr. Ich versuche zu sprechen.

»Nimm die Nuss heraus.«

Meine Stimme ist das Krächzen eines am Boden liegenden

Vogels. Der Mann hebt mich auf und nimmt mich in seine Hände. Als er mich mit dem Finger aufmacht, schreie ich und werde wach von dem Schrei.

Das Gewitter liegt geschlagen am Hang. Es hat die Gestalt eines Bocks, die Hufe ragen steif in die Straße hinein, der Kopf ruht in einer Mulde, die sich langsam mit Tränen und Speichel füllt. Die Hörner zerwehen im Mondlicht. Vom Fenster aus beobachte ich die Auflösung des Bocks. Die Wolkenfetzen ziehen nach Norden ab, tiefer in die Berge hinein, zur Ruhestatt der Böcke. Am Morgen wird die Luft klar sein, von allem Schmutz gereinigt. In diesem Frühjahr sind die Gewitter zahlreich gewesen. Der Mann kommt in ein sauberes Dorf, der Schmutz klebt an den Bäuchen der Böcke, mit denen sie über das Pflaster schleifen, Nacht für Nacht.

Der Traum folgt mir in den Tag hinein. Beim Frühstück schneide ich das Brot in zwei Hälften, mein Vater kann sich nicht entscheiden und schaut mich misstrauisch an, vielleicht ahnt er, was der Mann in der Nacht mit mir getan hat. Er nimmt eine Brothälfte und drückt meine Hand zusammen, die das Messer hält.

»Täusch mich nicht, mein Kind.«

Ich bin kein Kind mehr. Ich versuche zu sprechen.

»Lass meine Hand los.«

Der Blick meines Vaters geht durch mich hindurch, vor seinen Augen ziehen Schleier auf und verhüllen das leuchtende Blau, in dem meine Mutter vor langer Zeit ertrunken ist. Seine Hand drückt so fest, dass ich aufschreie und nicht wach werde davon. Das Messer klirrt auf den Tisch. Mein Vater blinzelt, atmet ein, legt den Kopf schief. Die Schleier vor seinen Augen zerwehen wie die Hörner des Bocks. Er lässt meine Hand los und steht vom Tisch auf, steckt sich das Brot in den Mund und kaut es zu Brei, täusch mich nie mehr, mein Kind, es ist mein Brot, das du da isst. Als er die Küche verlässt, weicht meine Mutter vor ihm zurück wie eine Gerte, die sich im Wind biegt. Sie lauscht den Schritten meines Vaters im Flur, dann setzt sie sich zu mir und untersucht meine Hand.

»Beweg deine Finger.«

»Ich kann nicht.«

»Versuch es.«

Ich schüttele den Kopf, meine Finger sind steif und rot vom Griff meines Vaters. Meine Mutter geht mit mir zum Spülbecken und lässt Wasser ein. Das Wasser tut meiner Hand gut. Vorsichtig bewege ich die Finger. Das Spülbecken ist aus dem gleichen weißen Stein wie die Mauer, an der der Mann entlanggegangen ist und die Steine umgedreht hat. In meinen Gedanken beobachte ich, wie er den Dorfplatz überquert, seine hagere Gestalt ist ein wenig nach links geneigt, wegen der Schwere des Koffers. Wir haben nicht gesehen, wohin er gegangen ist, ob er geblieben ist oder uns, nachdem er die Steine umgedreht hat, wieder verlassen hat. Ein stechender, sehnsüchtiger Schmerz fährt in meine Hand. Ich reiße sie aus dem Spülbecken, und die Wassertropfen fliegen in einem glitzernden Bogen durch die Küche, der sich vom Spülbecken über den Tisch bis zur Tür spannt und sekundenlang in der Luft stehen bleibt, ehe die Tropfen alle zugleich herabfallen und die Küche mit einer dünnen Wasserlinie in zwei Hälften teilen. Meine Mutter sitzt auf einem Stuhl am Tisch. Auf ihrem Scheitel glitzert die Wasserlinie, auch sie wird auseinanderbrechen und zu beiden Seiten des Stuhls herabfallen. Wortlos sitzt sie da und wundert sich. Mit den Fingern fährt sie an ihrem Scheitel entlang, führt die Finger an die Nase und riecht daran, wischt die Finger an ihrem Rock ab. Die beiden Hälften meiner Mutter sind gleich, ich kann mich nicht entscheiden. Sie hebt den Kopf und schaut nach oben, aber an der Decke ist kein Wölkchen.

Ein schöner Tag liegt vor uns.

Die Straßen sind sauber.

Meine rechte Hand pocht wie ein Krebs, der in der Sonne liegen geblieben ist und nicht ins Wasser zurückfindet. Ich versuche, die Bücher zu halten, aber es geht nicht. Sie fallen einzeln herunter und bleiben aufgeschlagen liegen, *Lineare Funktionen und Gleichungen, Sprachbetrachtung, Zur Entstehung der afrikanischen Arten*. Mit der linken Hand hebe ich die Bücher auf, es ist ungewohnt, meine rechte Hand hängt beschäftigungslos herab. Auf dem Weg zur Schule lässt das Pochen nach. Erst als ich ankomme, ist es verschwunden.

In der Schule machen wir eine Zeichnung von dem Mann, bevor wir zur Mauer gehen. Ada zeichnet die Beine und gibt das Blatt weiter, Cass zeichnet den Rumpf und gibt das Blatt weiter, Lilianne zeichnet den Schwanz und gibt das Blatt weiter, Séraphine zeichnet die Arme und gibt das Blatt weiter, ich zeichne den Kopf und gebe das Blatt an Ada zurück. Ada spuckt auf den Schwanz des Mannes und gibt das Blatt weiter, Cass verreibt die Spucke auf dem Schwanz des Mannes und gibt das Blatt weiter, Lilianne küsst den Schwanz des Mannes und gibt das Blatt weiter, Séraphine gibt das Blatt weiter, und ich zeichne dem Mann Hörner an den Kopf und die Augen des Bocks. Der Mann ist mager. Sein Brustkorb ist eingefallen, die Rippen zeichnen sich deutlich ab. Seine Arme sind lang und schlank und gerade, ebenso seine Beine und sein Schwanz, aus dem Adas Spucke läuft. Adas Spucke ist dick und warm. Der Hals des Mannes ist dünn und lang und hebt seinen Kopf hoch über den Körper. Der Kopf eines afrikanischen Steppentiers.

Ein afrikanischer Bock.

Die Hörner schrauben sich in schwarzen Windungen gegen den Himmel, der Kopf ist in den Nacken gelegt, die Lippen sind zu einem blutlosen Strich zusammengepresst. In den Äuglein glimmt ein tiefes, kerzenflackerndes Licht. Der Körper des Mannes ist vollkommen weiß. Ich traue mich nicht, ihn anzufassen. Seine Schönheit ist makellos wie die eines wilden Tiers, mit dem Finger fahre ich an den Konturen entlang, den Beinen, den Armen, umrunde den Körper einmal ganz, bis er in einer unsichtbaren Hülle gefangen ist und wahnsinnig wird davon. Die Beine treten nach hinten aus, die Arme schlagen nach allen Seiten, die Hörner bohren sich in die Hülle und reißen sie in Stücke. Die Sehnen im Hals des Bocks sind zum Zerreißen gespannt, die gehetzten Augen nehmen mich in den Blick. Die Hilflosigkeit des Tiers rührt mich an, und ich erlöse es, indem ich das Blatt zusammenfalte und zwischen die Seiten eines Buchs schiebe. Ada sieht mich an, Cass, Lilianne. Séraphine streicht sich die Haare aus der Stirn, wie sie es immer tut, mit beiden Händen vom Scheitel hinab zum Kinn. Die Schulglocke läutet, und wir rennen nach draußen, vor allen anderen. In den Schatten der Straßen ist es noch kühl, erst als wir auf den Dorfplatz kommen, schlägt uns die Hitze entgegen, und wir bleiben kurz stehen, geblendet vom Sonnenlicht auf dem weißen Pflaster.

Es ist unser Dorf, wir haben kein anderes.

Und so treten wir nacheinander an die Mauer heran und drehen in einer feierlichen Zeremonie die Steine wieder zurück, die der Bock durcheinandergebracht hat.

Die Mauer erstreckt sich über eine Länge von fünfzig Metern entlang der Ostseite des Dorfplatzes. Sie ist vor vielen Jahren von den Männern des Dorfes gebaut worden, die sich früh am Morgen auf dem Dorfplatz versammelt haben, ihre Gesichter noch grau von der Nacht, graue Gesichter in der grauen Dämmerung. Die Männer stehen wortlos rauchend beisammen. Dünne Rauchfäden steigen vor ihren Gesichtern auf, sie kneifen die Augen zusammen und warten auf den Aufbruch, der irgendwann von selbst geschieht, weil einer sich reckt und ein Geräusch macht und vorangeht, ein zweiter, ein dritter, eine dünne Fadenkette, ein Rauchfaden, der sich ins Gebirge hineinschlängelt. Es sind keine Frauen dabei. Die Arbeit wird hart werden, die Steine sind schwer, die Frauen haben Brot und Käse und Wurst in Tücher eingeschlagen, Ziegenmilch in einer Kanne, der Schnaps in einer Flasche aus dickem Glas. Die Männer gehen nach Norden. Sie kennen den Weg. Nichts fällt ihnen ins Auge, kein Geräusch beunruhigt sie. Die Vertrautheit des Weges verschließt ihre Sinne, sie riechen die Kräuter nicht, spüren nicht, dass die Sonne neben ihnen aufgeht, der Geschmack in ihrem Mund ist der Geschmack ihres Mundes, wie er an jedem Morgen schmeckt, schal nach dem Aufstehen, wie der Mund eines Hundes. Der Weg ist schmal, keine zwei Mann breit. Die Abdrücke der Böcke auf dem Weg. Nach rechts fällt der Berg steil ab, eine Geröllhalde zum Wasser hin, aber die Männer hören das Rauschen des Flusses nicht, in den die Böcke stürzen, wenn sie den Tritt verlieren und die Halde hinabrutschen. Der Fluss reißt die Böcke ins Tal, in einer Bucht werden die Kadaver angespült wie wollene, gehörnte Wale. Die Männer hören das Rauschen nicht, spüren die Hitze nicht, die in ihrem Rücken aufzieht. Noch gehen sie einzeln hintereinander, noch denken sie ihre eigenen Gedanken, an die Ernte und die Herde, an die Frau des Vordermanns, aber es schleicht sich schon etwas ein, die Mentalität des Arbeitertrupps: Wir werden eine Mauer bauen. Wir sind ein Körper mit fünfzig Händen. Die Mauer muss gebaut sein, bevor der Regen im Herbst die Erde vom Hang wäscht. Ein Körper mit fünfzig Händen, mit fünfzig Beinen, die sich in den Boden stemmen. Die Männer spüren nicht, dass der Weg nun steiler ansteigt. Der Schweiß färbt ihre Hemden, dunkle Dreiecke wie auf dem Rücken getragene Schilde. Die Maultiere am Ende des Zuges haben die Mäuler weit geöffnet. Mit unerschütterlichem Gleichmut setzen sie die Hufe auf den endlosen Weg, der sich Kehre um Kehre den Berg hinaufwindet, kurz vor dem Gipfel jedoch stark abfällt und in einer torkelnden Linie zwischen ineinander verkeilten Granitplatten nach unten führt. Am Scheitelpunkt des Weges halten die Männer kurz inne. Unter ihnen liegt der Kalksteinbruch, eine klaffende weiße Wunde im Fels der gegenüberliegenden Wand. Sie haben ihr Ziel nun beinahe erreicht. Gemächlich schreiten sie voran, atmen noch einmal durch vor der Aufgabe, die groß genug ist für sie, vor der Mauer, die sie bauen werden, mit fünfzig Armen, fünfzig Händen. Diese drei binden die Maultiere fest. Ihr beiden geht die Bruchkante ab. Du verteilst die Hämmer und Meißel. Die Männer gehen auf die Knie und schlagen die Steine. Es gibt nichts zu reden. Die Hammerschläge hallen durch den Bruch, die Maultiere stehen mit den Köpfen beisammen und atmen mit geblähten Nüstern die brennende, mit Kalkstaub versetzte Luft, die Ohren zucken im Rhythmus der

Hammerschläge, sonst regt sich nichts, die Sonne steht senkrecht über dem Bruch und sengt wie zur Strafe.

Im Rhythmus der Hammerschläge.

Die Männer stapeln die Steine hinter sich, diese zehn bilden eine Kette und geben die Steine weiter, diese beladen die Säcke, diese führen die Maultiere ins Dorf zurück. Das Dorf ist arm, es hat nur fünf Tiere. Der Weg muss mehrfach gemacht werden, zweimal noch an diesem Tag. Die Zurückgebliebenen setzen sich in den Schatten der Bruchkante und trinken die Milch, essen das Brot, den Käse, die Wurst, trinken den Schnaps, geben die Flasche wortlos weiter, einen Rest lassen sie übrig für die Maultierführer. Die Gesichter der Männer sind staubbedeckt, ihre Münder sind staubbedeckt, bis die Milch über ihre Lippen fließt, der Schnaps. Im Schatten kehren die Gedanken zurück: die Ernte, die Herde, die Frau des Vordermanns. Das kühle Laken auf der nackten Haut. Sie sind schon müde, schon nach der ersten Runde, ihr da, nehmt die Hämmer und Meißel und schlagt die Steine heraus. Langsam wandert die Sonne über den Bruch. Die Maultiere kehren zurück, die Maultierführer trinken den Schnaps aus, essen das Brot, den Käse, die Wurst. Die Hammerschläge werden schwächer. Die Maultiere ziehen ab, kehren zurück. Vor Einbruch der Dämmerung muss alles getan sein. Die Sonne ruht wie ein glühender Ball auf der Spitze des Berges. Die Männer packen Hämmer und Meißel ein und beladen die Maultiere ein letztes Mal. Sie kennen den Weg, nichts fällt ihnen ins Auge, kein Geräusch beunruhigt sie. Die Müdigkeit verschließt ihre Sinne, und die Männer lösen sich voneinander, steigen auf in einzelnen, schimmernden Blasen, die vom aufkommenden Wind in alle Himmelsrichtungen zerstreut werden, über die rot leuchtenden Hänge und die gezackten Schatten der Gipfel, Traumblasen, in denen die Männer schwerelos und mit weit geöffneten Augen gegen die eigene Achse rotieren, Abendembryonen im warmen Licht der untergehenden Sonne. Sie sind ein wenig zu langsam, ein wenig zu spät. In dem düsteren Licht verliert ein Maultier den Tritt und stürzt über die Kante der Halde, kein Laut dringt aus dem Maul des Tieres, ein stummer, überraschter Schrecken, die Beine zappeln hilflos im Geröll, während der mit Steinen beschwerte Körper langsam die Halde hinunterrutscht, staunende, zum Abschied geöffnete Augen. Wie im Traum gleitet das Tier ins Wasser. Das Gewicht der Steine zieht es sofort nach unten, die aufgewühlte Oberfläche beruhigt sich bereits, da reißt das Tier in einer letzten, verzweifelten Anstrengung noch einmal den Kopf hoch und schreit, schreit nun doch, ein schriller, zum Himmel gerichteter Schrei, der die feine Haut der Blasen mit Leichtigkeit durchdringt und platzen lässt, sodass die Männer krachend herabstürzen, zum Rand der Halde stürzen, suchend ins dunkle Wasser hinabspähen. Das Maultier ist verschwunden. Wortlos setzen die Männer ihren Weg fort. Hinter der nächsten Biegung warten die Lichter des Dorfes, warten die Frauen, die Kinder, die zu den Männern hinaufsehen. Ein Rauchfaden, eine dünne, um ein Glied verkürzte Fadenkette, die aus dem Gebirge zurückkehrt. Noch bevor die Männer das Dorf erreichen, gehen die Frauen in die Häuser zurück. Es genügt zu wissen, dass sie heimkehren, das Essen kann jetzt auf den Tisch, das Brot, der Schnaps. Draußen rennen die Kinder ihren Vätern entgegen, ein Mädchen zählt die Maultiere: eines weniger. Vier Tiere hat das Dorf noch. Das Mädchen legt eine Hand auf die Nüstern der Tiere, die vor Anstrengung zittern, flüstert ihnen etwas zu, ein Wort des

Trostes oder eine kleine Grausamkeit: Ihr seid nur noch vier. Die Männer schnallen die Säcke von den Rücken der Maultiere und legen die Steine am Fuß des Hangs ab. Es ist ihre letzte Arbeit des Tages. Am frühen Morgen werden sie aufstehen und die Steine sortieren, werden einen spatenblatttiefen Graben ausheben und zu einem Drittel mit Sand auffüllen, werden die Schnur parallel zum Hang spannen und die größten Steine mit einer leichten Neigung zum Hang auslegen, werden lehmigen Sand in die Zwischenräume füllen und die nächste Reihe mit versetzten Fugen setzen, werden die Steine mit dem Hammer festklopfen und nach jeder Reihe mit Sand hinterfüllen, werden jeden zehnten Stein quer zur Mauerrichtung setzen, um die Mauer mit dem Hang zu verzahnen. Die Männer werden eine Mauer bauen. Die Mauer hat ein Leben und zwei Tage Arbeit gekostet, und sie wird das Dorf vor dem Hang schützen, wenn der Regen kommt.

Der Regen kommt, und wir springen von der Mauer, auf der wir gesessen haben, und rennen zu der großen Kastanie in der Mitte des Dorfplatzes. Um den Stamm der Kastanie verläuft eine hölzerne Bank, wir setzen uns so, dass wir in alle Richtungen sehen können, setzen uns auf die Lehne und lehnen uns an den Stamm. Ada sieht auf die Mauer und auf den Hang, der sich dahinter erstreckt. Cass sieht auf die weißen, schief stehenden Häuser und auf die Straße, die sich in die Berge hinaufwindet. Lilianne sieht auf das Bahnhofsgebäude und auf die große Uhr mit den römischen Ziffern. Séraphine sieht auf die Gleise, die ins Tal führen, und streicht sich die Haare aus dem Gesicht. Ich sehe die abfallenden Wiesen, die vielfarbigen Blumen, rot und blau und gelb, die Ziegen, die die Blumen und

das Gras fressen. Viel mehr ist es nicht. Der Hang. Die Straße. Die Uhr. Die Gleise. Wir leben hier, seit wir geboren sind.
Im Winter liegt der Hang unter einer geschlossenen Schnee-
decke, im Frühling fließt der Schlamm durch die Straße, im
Sommer glänzen die Gleise wie zwei goldene Bänder, und die
Uhr schlägt zum Herbst, am Morgen des Erntefests. Wir pflücken Blumen von der Wiese und flechten Blumenketten. Wir
bauen Schlitten aus Stroh und Holz und fahren den Hang hinunter. Wir balancieren auf den Gleisen, bis unsere Füße brennen und das Dorf hinter uns verschwindet. Die Uhr schlägt zu
jeder vollen Stunde, seit wir geboren sind. Auf der Straße ist
kein Mensch. Der Regen trommelt auf die Blätter der Kastanie,
hoch über unseren Köpfen, weit weg. Wir aber bleiben trocken
wie in einem Haus. Ich schließe die Augen und stelle mir vor,
wie sich die Bank zu drehen beginnt, langsam und ruckelnd zunächst, wie ein rostiges Kinderkarussell, die Jahrmarktsmusik
ein blechernes, überdrehtes Scheppern, dann immer schneller,
ich reiße die Augen auf, die Farben verwischen, der dunkle
Hang schmiert durch die weißen Häuser, feine gelbrotblaue
Blütenstriche, in die Länge gezogene Ziegen, gleislange Ziegen,
die goldenen Bänder ein Planetenring. Ada geht als Erste. Sie
küsst uns auf die Wangen, ihre Lippen sind weich wie Kissen,
ihr Vater arbeitet im Steinbruch wie alle hier, ihre Mutter ist
nach vier Kindern ausgetrocknet. Mit ihren drei Geschwistern
schläft Ada in einem großen Zimmer, dessen Fußboden immer
mit Kalkstaub bedeckt ist, den ihr Vater mit nach Hause bringt.
Ihre Mutter ist mit Kalkstaub bedeckt. Eine kreideweiße Frau
mit trockenen Lippen, sie hat keine Liebe mehr für Ada übrig,
braucht alles selbst, das letzte Wasser, um nicht zu verdursten.
Ada geht aufrecht durch den Regen, beinahe stolz. Sie ist die

Stärkste von uns, stößt die Böcke um wie keine andere. Wo wir zwei Hände brauchen, um die Steine umzudrehen, nimmt Ada zwei Finger. Sie liebt es, mit diesen Fingern durch Liliannes Haare zu fahren. Liliannes lange, schwarz glänzende Haare, die sie uns immer wieder anbietet, aber nur Ada hat Interesse daran, streichelt sie, küsst sie, fährt mit ihren großen Fingern hindurch, die wie Zangen die Steine packen und hochheben. Lilianne springt von der Bank herunter und rennt Ada hinterher. Sie wird Ärger mit ihrem Vater bekommen, weil sie sich die Schulbücher mit einer Hand über den Kopf hält, um ihre Haare zu schützen, und die Bücher nass werden. Sie wird die Bücher vor ihrem Vater verstecken, und ihr Vater wird sie fragen, wo die Bücher sind. Lilianne wird irgendeine Geschichte erfinden, um die Schuld von sich zu nehmen, aber ihr Vater wird ihr nicht glauben. Sie werden in den Keller gehen. Lilianne wird mit dem Gesicht zur Wand sitzen, und ihr Vater wird hinter ihr stehen. Beide werden sich für Stunden nicht bewegen. Dann wird ihr Vater noch einmal fragen, wo die Bücher sind, und Lilianne wird es ihm sagen. Die Seiten der Bücher werden wellig sein und voller Wasserflecken. Ihr Vater wird mit Bedauern über die Bücher streichen und Lilianne im Keller sitzen lassen bis tief in die Nacht. Lilianne wird Ada davon erzählen, während Ada mit ihren langen Fingern Liliannes Haare kämmt. Händchen haltend gehen sie durch den Regen, nur um Cass ein wenig zu ärgern. Die Eifersucht von Cass: Sie versucht sie zu unterdrücken, aber sie frisst sich durch ihr Gesicht. Nachts mahlen ihre Zähne aufeinander, am Morgen spuckt sie kalkigen Schlamm ins Waschbecken wie ihr Vater, wenn er aus dem Steinbruch kommt. Ihre Zähne werden stumpf davon, und sie kann nicht mehr richtig kauen. Deshalb schneidet Cass ihr Essen in winzige Stücke, die sie im Mund zu Brei verarbeitet und herunterschlingt. Sie ist auf alles und jeden eifersüchtig, vielleicht weil sie selbst nichts hat. An manchen Tagen behält sie den Brei länger im Mund, bis zum Abend, schiebt ihn mit der Zunge unter Ober- und Unterlippe, füllt die Wangen damit, bis sie aussieht wie ein Hamster. Dann legt sie sich ins Bett und lässt den Brei genüsslich mit geschlossenen Augen auf der Zunge schmelzen, obwohl er schon längst nach nichts mehr schmeckt, schläft ein darüber und träumt Schlaraffenlandträume, in denen ihr das Essen in den Mund fliegt. Der Brei trocknet in ihren Mundwinkeln, am Morgen hat sie wieder nichts. Cass springt von der Bank herunter und rennt Ada und Lilianne hinterher. Der Regen hat nachgelassen, das Trommeln wird leiser und verklingt schließlich ganz. Séraphine sieht auf die Gleise und streicht sich die Haare aus dem Gesicht. Arme, kleine, dumme Séraphine. Sie hat den Kopf schief gelegt, und ich versuche zu glauben, dass sie über die Gleise nachdenkt, ob sie ans Meer führen oder in eine große, glitzernde Stadt oder unendlich weiter, durch alle Tage und Nächte hindurch, bis ans Ende der Welt. Séraphines Augen sind zwei flache, von einem leichten Dunst überzogene Teiche aus wässrigem Blau. Der Schlaf kommt schnell über diese Augen. Séraphine blinzelt und klettert von der Bank herunter, macht drei Schritte in Richtung der Gleise, bevor sie sich umdreht und ohne Eile Ada, Lilianne und Cass hinterhergeht, die hinter der Biegung am Ende der Straße verschwunden sind.

Ich bin allein.

Ich will nicht nach Hause gehen, wo mein Vater ist. Über dem Hang bricht die Sonne durch die Wolken, die nasse Straße explodiert in dem plötzlichen Licht, die Uhr schlägt zur vollen

Stunde. Der Hang. Die Straße. Die Uhr. Die Gleise führen bis ans Ende der Welt. Ich schließe die Augen, und das Karussell beginnt sich zu drehen, die Gesichter verwischen, die Körper der Ziegen ziehen sich in die Länge, endlose, schwarzgraue Flanken zwischen den goldenen Bändern der Gleise. Ich reiße die Augen auf, und die Welt steht still. Vor mir tritt der Bock aus dem Gasthaus neben dem Bahnhof. Er überquert den Dorfplatz, seine Gestalt ist leicht nach links geneigt, obwohl er den Koffer nicht bei sich hat. Er sieht sich um, und ich sinke zusammen, verharre auf der Bank wie ein im Halbdunkel lauernder Vogel, bis der Bock sich abwendet und nach einem kurzen Zögern in der Straße verschwindet, die hinauf in die Berge führt.

2

Natürlich bemerkte Georg Musiel, dass das Mädchen ihm folgte. Er ging schneller, und das Mädchen ging schneller, er wurde langsamer, und auch das Mädchen verlangsamte den Schritt, er sah es mit einem kurzen Blick über die Schulter, das Mädchen war zehn Meter hinter ihm. Vielleicht würde sie in einem der letzten Häuser verschwinden, aber dann war er aus dem Dorf heraus, und das Mädchen war immer noch da. Er tat so, als störe es ihn nicht, und blickte voraus in die Berge, auf das gute Stück Weg, das vor ihm lag. Um ihn herum sickerte, tröpfelte, rauschte das abfließende Wasser, Geräusche eines Nachgeschehens, nachträgliche Anmerkungen zum eigentlichen Regen, den er am Fenster seines Zimmers im Gasthaus verbracht hatte, an dem kleinen Tisch, der dort stand, die Unterlagen, die ihm Generaldirektor P. zur Ansicht mitgegeben hatte, aufgeschlagen vor sich. Er hatte seinen Kopf in die Hände gestützt, der Regen ein grauer Vorhang, der die Welt vor ihm verbarg. In dem Zimmer war es warm gewesen, sodass er die mitgebrachte Decke nicht gebraucht hatte, die er sonst oft um die Beine schlug, wenn er in seinem Büro am Schreibtisch sitzend fror. Er blätterte in den Unterlagen bis zu der Karte des Dorfes und der umliegenden Gebiete. Aus der Küche stieg der Geruch von gebratenen Zwiebeln. Vor ihm auf dem Tisch lagen wohlgeordnet die Salben, die er aus seinem Koffer genommen hatte. Er streckte die Beine aus und studierte den Weg, den er, sobald der Regen nachgelassen hatte, gehen wollte, um Gelenke und Muskeln zu lockern. Die Zugfahrt steckte ihm noch in den Knochen. Auf der topografischen Karte war die Bahnstrecke als schwarze Linie verzeichnet, das Dorf ein gelber Fleck, die Straßen darin weiß, der Bahnhof, an dem er angekommen war, ein roter Balken am Rande des Dorfes. Mit dem Finger fuhr er über die blaue Linie, die den Fluss markierte, in Richtung Norden. Dort würde er entlang müssen. Mühelos durchschnitt sein Finger die eng zusammenstehenden Höhenlinien, folgte ihnen für eine Weile, weil der Fluss eine Biegung machte, verharrte an einer Geländekante, wo die Böschung steil abfiel. Der Steinbruch war ein grau unterlegtes, weiß gepunktetes Quadrat in der Flanke des Berges. Nirgendwo stand ein Name, wie er es von anderen Karten kannte. Er suchte im Vertrag und in den Anhängen, aber auch dort fand er die Bezeichnung nicht. Ein Ratschlag des Generaldirektors P. kam ihm in den Sinn:

»Nehmen Sie die Dinge, wie sie sind, Herr Musiel.«

Er nickte und hob den Blick zum Fenster.

Der Dorfplatz war leer, obwohl es aufgehört hatte zu regnen.

Sie gingen nun schon eine ganze Weile zusammen.

Das Mädchen folgte ihm im immer gleichen Abstand, kam nie ganz nahe heran und blieb nie weit zurück, als hielte sie ihn, seit er aus dem Gasthaus getreten war, an einem elastischen Band im Zaum. Sie war schlank, mittelgroß, trug ein graues, einfaches Kleid, das viel besser für die Berge geeignet war als sein Anzug, den er nach seiner Ankunft noch nicht gewechselt hatte. Ihre dunklen Haare waren zu einem Pferdeschwanz ge-

bunden. Als er sich umdrehte und sie direkt ansah, stockte sie
kurz, und ihr Blick floh über ihn hinweg in die schwarzen Wol-
kenformationen, die immer weiter aufbrachen und gleißendes
Sonnenlicht über die Gipfel strömen ließen.

Georg nahm es, wie es war.

Die Hitze unter seinen Armen.

Den steiler ansteigenden Weg.

Das Mädchen, das ihn verfolgte.

Das Dorf war längst hinter mehreren Kehren verschwunden. Zu seiner Rechten, am Fuße einer steil abfallenden Kalk-
schuttflur, strömte das Wasser aus den Bergen heraus, links erhob sich eine grob zerklüftete Wand, die nur noch an wenigen
Stellen mit Gämsheide bewachsen war. Noch nie in seinem
Leben war er so hoch gewesen. Er hatte zu schwitzen begonnen, sein Atem ging schneller, ein rasselndes, metallenes Geräusch, das ihm Kehre um Kehre vorauseilte. Er blieb stehen,
zog die Anzugjacke aus und klemmte sie sich unter den Arm.
Unter den Blicken des Mädchens hatte seine Haut wieder angefangen zu brennen. Er zog sein Hemd aus der Hose, tastete
über den Schorf auf seinem Bauch, setzte die Fingernägel an
und verharrte kurz, ehe er die Nägel mit einer schnellen Bewegung ins Fleisch fahren ließ, über die entzündete Haut, wieder
und wieder in langen, kräftigen Zügen, wie beim Mähen mit
einer Sense. Die Haut begann zu bluten und würde schlimmer
sein am Abend. Er kannte den Verlauf, wusste um die Konse-
quenzen. Ohne sich umzusehen, hastete er weiter, vornübergebeugt und mit seinen langen Armen ausholend, keuchend,
weil der Weg immer steiler anstieg, ein schmales hellgraues
Band, das sich hoch über den reißenden Fluss hinzog, der
vom Regen angeschwollen mit hoher Geschwindigkeit ins Tal

rauschte. Er würde nicht lange so gehen können. Die Höhenluft war dünn, und wenn er sie tief in seine stechenden Lungen sog, so sog er an einem Nichts, an einer Leere, die, gerade weil sie nicht vorhanden war, dazu verleitete, immer noch mehr davon zu nehmen. Er spürte einen leichten Schwindel und wurde langsamer, das Mädchen würde unweigerlich aufholen, er brauchte gar nicht hinzusehen. Seine Beine begannen zu zittern, und er blieb ganz stehen. Die Sonne stach ihm ins Gesicht, unter ihm tobte der Fluss in einem wütenden Rauschen. Schwer atmend ging er in die Knie und stützte sich mit den Händen auf dem Boden ab. Vor ihm auf dem Weg krabbelte ein Käfer einer ihm unbekannten Art. Georg nahm ihn zwischen Daumen und Zeigefinger und hob ihn vom Boden auf. Die Beine des Käfers zappelten in der Luft, auf seinem dunklen Chitinpanzer klebte ein mehliger Tau, eine Krankheit vielleicht. Georg drückte die Finger ein wenig zusammen, und der Körper des Käfers dehnte sich, die Beine zappelten stärker, auch die Fühler. Die Augen des Käfers waren von einem dumpfen, verständnislosen Schwarz, aus dem im Widerspruch zu den panischen Bewegungen der Gliedmaßen eine große Gleichgültigkeit gegen ihn sprach, eine beinahe schon arrogante Missachtung der Situation, deren Ausgang doch allein in seinen Händen lag. Georg biss die Zähne hart aufeinander und stieß heiße Luft aus seiner Nase, während die Finger den Käfer noch ein wenig stärker zusammendrückten. Die Bewegungen des Käfers wurden langsamer, die Beine schlugen träge in der Luft, ebenso die Fühler. Georg glaubte ein Knacken zu hören, wo der Panzer sich wölbte. Ein Schatten fiel auf ihn, und eine Hand legte sich auf seinen Unterarm. Neben ihm kniete das Mädchen und beugte sich vor, sodass sich ihre Gesichter beinahe berührten. Die Augen des Mädchens waren zwei dunkle, glänzende Spiegel.

Georg sah hinein und sah sich selbst.

Er zuckte zurück und ließ den Käfer fallen. Der Käfer fiel auf den Rücken, strampelte wild mit den Beinen und zog seinen Körper zusammen, bis er sich um die eigene Achse drehte und, gegen ein Steinchen schlagend, auf die Füße kam. Georg sah ihm nach, wie er gemächlich über den Weg krabbelte und unter einer Felsplatte verschwand. Dann hockten sie eine Weile beieinander, er vornübergebeugt, das Mädchen ein schmaler, seidenweicher Farn vor der Sonne, der nur unzureichend Schatten spendete. Als er versuchte aufzustehen, geriet er ins Straucheln und musste sich an den Schultern des Mädchens festhalten. Geduldig stützte sie ihn, bis er sich etwas erholt hatte, dann machten sie sich gemeinsam an den Abstieg. Die Wolken hatten sich aufgelöst, und die Berge standen in abendlichen Flammen. Ein rosiger Brand, der von den Gipfeln über die Klüfte und Grate floss, in den Kluftkarren und Schattenspalten versickerte, die Senken aufgoss und anzündete wie orangerote, mit Napalm gefüllte Feuerseen, die erst später vom Tuch der Nacht erstickt würden, lange nach dem Anschlag der Sonne.

Er nahm es, wie es war.

Das geruchlose Brennen der Welt.

Die Abwesenheit aller Geräusche.

Den Rücken des Mädchens, das unbeeindruckt und mit erhobenen Schultern vor ihm abwärtsschritt. Er folgte ihr mit geöffnetem Mund, seine rechte Hand lag auf ihrer Schulter, sein Hemd, auf dem das frische Blut schon wieder trocknete, war ihm noch weiter aus der Hose gerutscht. Er fragte sich, wo seine Jacke war. Weit weg, fern und bedeutungslos, glommen die Ziele und Zwecke seines Aufenthalts am Horizont auf. Die Stimme des Generaldirektors P. klang ihm im Ohr:

»Machen Sie sich mit den Gegebenheiten vor Ort vertraut.«

Georg nickte. Er würde sich vertraut machen, würde sich den Steinbruch ansehen und die dazugehörige Infrastruktur, würde die neuesten Zahlen studieren und mit den maßgeblichen Personen sprechen, so wie es ihm aufgetragen worden war. Im Gehen, das ihm unendlich schien, verlor er jedes Zeitgefühl. Als sie das Gasthaus erreichten, schreckte er hoch und nahm die Hand von der Schulter des Mädchens. Sofort gaben seine Knie nach, und er taumelte gegen die Wand, an der er sich, das Gesicht gegen den rauen Stein gepresst, abstützte. Der Dorfplatz war so leer wie nach dem Regen. Er versuchte, sich an der Wand hinabgleiten zu lassen, aber das Mädchen nahm seine Hand und zog ihn in plötzlicher Eile ins Gasthaus hinein, durch das Treppenhaus, in den ersten Stock, wo sein Zimmer am Ende des Flures lag. Er schloss die Tür auf, und das Mädchen schob ihn hinein, stellte sich in eine Ecke gegenüber dem Bett, die Arme im Rücken verschränkt, aufrecht, der Blick gerade, als erwarte sie neue Befehle.

Das Zwielicht des Abends fiel schräg durchs Fenster.

Georg nahm das Kortison vom Tisch und ließ sich aufs Bett fallen, zog sein Hemd aus, warf es über den Stuhl. Die transparente Salbe glitzerte leicht, als er sie aus der Tube drückte und zwischen den Handflächen verrieb. Mit den Händen fuhr er über seinen nackten Oberkörper, die Rippen, den Bauch, bis zum Ansatz der Scham. Auf den am schwersten verletzten Stellen trug er die Salbe direkt aus der Tube auf und ließ sie kurz einwirken, bevor er sie vorsichtig mit der Fingerspitze entlang der Scharten verteilte. Bald würde ein Pochen einsetzen, ein erstes Zeichen der Linderung. Er rieb die Fingerspitzen aneinander, die Salbe ließ sie leicht übereinandergleiten. Aus der Ecke hörte er den Atem des Mädchens, ein unterdrücktes, gepresstes Ausstoßen der Luft. Er legte sich auf den Rücken, stützte sich auf die Ellenbogen und blies ein wenig Luft über seinen glänzenden Oberkörper, um den kühlenden Effekt der Salbe zu verstärken. Ein Frösteln überlief ihn, wie von einem Winterhauch. Er nahm die Decke und zog sie über seinen nackten Bauch, rollte sich zur Seite, drückte sein Gesicht in das harte Kissen. Schloss die Augen und öffnete sie wieder.

Das Mädchen war immer noch da.

»Danke für deine Hilfe«, sagte er.

Das Mädchen antwortete nicht. Er glaubte, ein leichtes Flattern der Lider zu bemerken, aber er sah nur mit einem Auge, sein halbes Gesicht lag im Kissen, und er traute seiner Wahrnehmung nicht, insbesondere nicht den Entfernungen, den Abständen zwischen ihm und den Dingen.

»Du hast den Käfer gerettet.«

Der Kopf des Mädchens ruckte herum. Blut schoss ihr ins Gesicht, es war selbst mit einem Auge zu erkennen, ein trotziges, stolzes Blühen, der Jahreszeit gemäß. Er hatte solche Blüten bei seiner Ankunft gesehen, auf einer Wiese am Eingang des Dorfes, die bis zum Waldrand anstieg, darüber Felsen, die skelettierten Überreste mannshoher Fichten.

»Es ist nur irgendein Käfer gewesen.«

Die Stimme des Mädchens war heiser und rau, viel tiefer, als er sie sich vorgestellt hatte. Die Stimme einer erwachsenen Frau. Er beugte sich vor und sah sie direkt an.

»Ich bin Georg.«

Das Mädchen nickte, murmelte etwas, das er nicht verstand.

»Was sagst du?«

»Kommst du von weit her?«

»Ja.«

»Aus einer Stadt?«

»Aus einer Stadt, ja.«

»Was machst du hier bei uns?«

»Ich habe Dinge zu erledigen, Geschäfte.«

»Was für Geschäfte?«

»Das geht dich nichts an.«

»Wie lange wirst du bei uns sein?«

»Es sind nur Formalitäten. Ich werde nicht lange bleiben.«

»Und dann gehst du in deine Stadt zurück.«

»Ja.«

»Erzähl mir von den Mädchen in deiner Stadt.«

»Da gibt es nichts zu erzählen.«

»Wartet eine auf dich, wenn du zurückkommst?«

Durch das Fenster sah er, wie das allerletzte Licht des Tages in Schüben vom Hang stürzte und im Boden versickerte. Mit einem Ruck riss er die Decke von sich.

»Was willst du eigentlich von mir?«

Sein Körper schmerzte, als er sich aufrichtete, dann breitete er die Arme aus und ging auf das Mädchen zu, um sie noch tiefer in die Ecke zu drängen, in der sie die ganze Zeit gestanden hatte. Das Mädchen streckte die Hand aus und berührte mit den Fingerspitzen seinen Bauch. Georg stand ganz still. Die Finger umkreisten die fettigen Male auf seiner Haut, fuhren durch die frischen Gräben, die er beim Aufstieg gerissen hatte, verharrten auf den Krusten und Schrunden, nahmen Abstände, zogen Linien, bestimmten Grenzen und Geländeübergänge. Mit geschlossenen Augen verfolgte er die Vermessung seiner

Krankheit. Die Ärzte hatten ihn nie auf diese Weise berührt. Sie hatten ihn mit sterilen Instrumenten geschuppt, hatten ihn abgeschabt, ohne je eigene Hand an ihn zu legen, als ekelten sie sich trotz ihrer professionellen Distanz vor der Lücke, die sich da vor ihnen auftat. Die Lücke zwischen dem Ideal eines Körpers und der Realität Georg Musiels, der nackt vor ihnen stand, übersät von monomorphen, leicht erhabenen Herden, die im grellen Licht der Untersuchungslampen rötlich zitterten. Sie hatten Proben entnommen. Sie hatten Tests durchgeführt. Sie hatten sein Inneres nach außen gekehrt und darin gelesen wie Eingeweideschauer, dann hatten sie ihn nach Hause geschickt. Er wusste nicht, ob sie ihren Frauen von ihm erzählt oder ihn wie einen entfernt verwandten Schwachsinnigen verschwiegen hatten, aber er glaubte, war sich sicher, dass sie untereinander über ihn redeten.

Ich habe da einen, ihr würdet es nicht glauben.

Ein armer Teufel.

Ein ganz besonderes Exemplar.

Ein hoffnungsloser Fall.

Er war all das, ein Exemplar, ein Fall, ein Teufel gegen sich selbst.

»Was willst du von einem wie mir?«

Er hatte geschrien, obwohl er sonst nie schrie. Das Mädchen zog die Hand zurück. Ohne den Blick von seinem Bauch zu nehmen, ging sie rückwärts, ihre Lippen bewegten sich leicht, ein leises, unverständliches Murmeln, bis sie tastend die Türklinke erreichte, die Tür öffnete und in den Flur trat. Georg setzte sich an den Tisch und wartete. Nach einigen Augenblicken sah er durch das Fenster, wie das Mädchen aus dem Gasthaus kam, über den Dorfplatz rannte, noch immer murmelnd, wie er zu erkennen glaubte, und hinter der Biegung der Straße aus seinem Blickfeld verschwand. In seinem Kopf nestelte der Käfer, den sie gerettet hatte. Er hatte begonnen zu schlüpfen, gerade streifte er mit den Hinterbeinen die Puppenhaut vom Körper, der ihm noch neu und fremd war, trat sie knisternd durch Georgs Hirnstamm, erregt und verwirrt vom plötzlichen Ende der Puppenruhe, vom Aushärten der umgebildeten Organe. Was gewesen war, galt nicht mehr. Was sein würde, wusste er nicht. Georg stülpte die Hände über die Ohren, und das Rascheln wurde lauter. Mit den Deckflügeln fuhr der Käfer an seinen Nervenfasern entlang, ein gegen den Strich gerichtetes Kitzeln, bei dem sich seine Nackenhaare aufstellten, schabte über die sensorischen Felder, fiel auf den Rücken, strampelte wild mit den Beinen und zog seinen Körper zusammen, bis er sich um die eigene Achse zu drehen begann und, gegen ein Steinchen schlagend, auf die Füße kam.

Georg nahm die Unterlagen vom Tisch und blätterte ein wenig darin herum. Vor dem Fenster lag der leere Dorfplatz, dahinter die Mauer, der Hang. Eine Uhr schlug zur vollen Stunde. Im Augenwinkel bemerkte er die Reflexion der aus dem Dorf herausführenden Gleise als einen ewig gültigen, rot glühenden Ausweg.

Der Hang.

Die Uhr.

Die Gleise.

Er spürte, wie sich der Käfer zur Ruhe legte, ein leichtes Nachziehen der Luft, als er die Beine einknickte und sich auf den Bauch fallen ließ.

Viel mehr war es nicht.

3

»Der große, zerbrochene Wagen.«

»Der große, zerbrochene Wagen.«

Ich renne.

Ich muss zu Hause sein, bevor es dunkel ist.

»Der große, zerbrochene Wagen.«

Die Bücher liegen unter der Kastanie, und ich muss noch einmal zurück.

»Der große, zerbrochene Wagen.«

Als ich zu Hause ankomme, ist die Nacht da.

Mein Vater schlägt mir ins Gesicht. Seine Hand ist noch warm, weil sie in der Sonne gelegen hat, die bis zuletzt durchs Fenster auf den Küchentisch scheint.

»Wo bist du gewesen?«

Ich kann nicht sprechen. Mein Vater schlägt mir ins Gesicht. Ich bin kein Kind mehr.

»Wo?«

»Bei Lilianne.«

Mein Vater schlägt mir ins Gesicht.

Ich lasse die Bücher fallen. Die Zeichnung des Bocks gleitet zwischen den Seiten hervor wie eine Schwalbe, schlägt mit den Flügeln, landet sanft auf dem Boden unter dem Küchentisch.

Mein Herz setzt aus.

Er darf ihn nicht finden.

Ich mache einen Schritt zwischen meinen Vater und den Tisch. Ich muss jetzt sprechen, muss etwas sagen, irgendwas, obwohl mir das Heulen schon in der Kehle sitzt, ein heiserer, hungriger Wolf, der alles wegfrisst, die Worte, die Luft, den Atem.

»Lilianne liebt einen Jungen.«

Es ist nur eine halbe Wahrheit, aber es funktioniert. Der Schlag meines Vaters bleibt in der Luft stehen. Vor seinen Augen ziehen die Schleier auf, und er geht zum Fenster, weg von dem Tisch und der Schwalbe. Ich weiß nicht, was er sieht. Etwas anderes jedenfalls als die dunkle Straße und die Häuser gegenüber, etwas Ferneres, Dahinterliegendes, seine Stimme kommt von dort, mild und ein wenig spöttisch.

»Lilianne. *Liebt* einen Jungen.«

Vorsichtig gehe ich auf die Knie und schiebe die Zeichnung ins Buch zurück. Mein Vater hat die Hände auf dem Rand des Spülbeckens abgestützt, sein Blick geht nach draußen und verliert sich in der Dunkelheit, ohne Spiegelung im Fenster. Er kann die ganze Nacht dort stehen, es ist nicht ungewöhnlich. Wenn wir Glück haben, kehrt er mit klaren Augen zurück. Wenn wir Pech haben, gerinnen die Schleier zu einem zähen, milchigen Film, und er taumelt halb blind von der Küche ins Schlafzimmer, wo er über meine Mutter kommt und glaubt, ich höre es nicht. Ich bin kein Kind mehr. Ich weiß, was er tut, erkenne es an den beiden Hälften meiner Mutter, die sie noch im Schlafzimmer mühsam wieder zusammenfügt, ein Riss vom Scheitel bis zur Scham, und meine Mutter glaubt, ich sehe es nicht. Beim ersten Schlag meines Vaters hat sie sich ins

Schlafzimmer zurückgezogen, an einen kleinen Tisch, an dem sie seine von der Arbeit im Bruch zerschlissenen Hosen näht, zuckt zusammen bei jedem weiteren Schlag, fühlt und leidet mit mir, ihrer einzigen Tochter, die aus ihr getrunken hat und die sie trotzdem nicht beschützen kann. Ich drücke die Bücher an meine Brust und schleiche auf Zehenspitzen in mein Zimmer. Mein Vater steht am Fenster und hat mich vergessen. Ich schließe die Tür hinter mir, der Wolf in meiner Kehle schluchzt einmal laut auf, dann ist die Welt verschwunden, und die Gedanken an den Bock breiten sich ungehindert aus.

»Der große, zerbrochene Wagen.«

Ich suche das Sternbild in meinem Fenster, aber der Ausschnitt des Himmels ist zu klein, es sind die falschen Sterne, namenlose, bedeutungslose, erloschene. Ich muss mich beeilen, bevor ich das Muster vergesse, das ich mit meinen Fingern vom Bauch des Bocks genommen habe. Ich setze mich an meinen Tisch und öffne den Farbkasten, rühre die rote Farbe mit Spucke an, tauche die Finger hinein, trage die Farbe auf die Zeichnung auf, die Deichsel, den an der Deichsel gebrochenen Kasten des Wagens. Ich bin kein Kind mehr; ich berühre den Schwanz, trage die Sterne auf.

Schließe die Augen.

Unter meinen Fingern erhebt sich der Bock aus dem Papier.

Er hat Mühe, sich ganz aufzurichten, die schweren Hörner ziehen den Kopf in den Nacken, dann schafft er es doch und steht aufrecht vor mir. Sein weißer Körper glänzt schweißüberströmt, er atmet schwer, geht um den Tisch herum bis zur Tür, dreht sich um und geht ans andere Ende, wendet den Kopf, bis er jeden Winkel des Zimmers gesehen hat, den Tisch, den Schrank, das Bett, viel mehr ist es nicht. Ich schäme mich, aber ich kann nichts dafür, ich bin ein Kind, das versorgt werden muss.

»Was willst du von mir«, fragt der Bock.

Ich will, dass er mich fortbringt. Ich will, dass er mich mitnimmt, wenn er wieder geht, dass ich bei ihm bin, wenn er das Dorf zum Tal hin verlässt. Der Bock öffnet den Mund, *Georg* öffnet den Mund, aber er sagt nichts mehr. Über sein Gesicht läuft ein Schauder, und er fasst sich an den Bauch, an die alten Wunden, die nicht heilen wollen, und an die neuen, die er sich hier bei uns in den Bergen zugefügt hat. Aus der Küche dringen die Geräusche meines Vaters zu uns, der blindlings gegen den Tisch stolpert. Der Bock zuckt zusammen, Georg zuckt zusammen, hebt den Kopf, lauschend. In der Küche stößt mein Vater gegen den Schrank, und das Geschirr klirrt gegeneinander, zum Anfang der Nacht. Ich sehe die Angst in Georgs Augen, die Panik. Er setzt zu einem Sprung an, aber ich fange ihn ab, hauche ihm etwas zu, ein Wort, einen Kuss, bevor ich ihn mit meinen Fingern ins Papier zurückzwinge. Mein Blick geht aus dem Fenster, der Ausschnitt des Himmels ist zu klein, ich kann nichts erkennen, die Berge nehmen mir die Sicht, und die Wolken hängen tief in die Straßen hinein.

Ich weiß nicht, wie lange ich es schon weiß.

Dass ich gehen muss, weg von hier, heraus aus dem Dorf, dem Haus, dem Zimmer, in dem ich lebe, seit ich geboren bin. Ich könnte die genaue Zahl der Tage ausrechnen, es sind ein paar Tausend, aber was macht das schon.

Tausend Tage, ein Tag.

Ich kann hier nicht bleiben.

Morgens erwache ich vom Krähen der Hähne, sie stacheln

sich gegenseitig an, es ist immer derselbe, der anfängt, dann kommen die anderen, fallen ein und übereinander her, ein Gezeter, von dem man wach werden muss, ob man will oder nicht. Keiner schläft über seine Zeit, über die Hähne hinaus. Ich höre das Knarzen im Schlafzimmer meiner Eltern, mein Vater, der aufsteht und sich anzieht, meine Mutter, die die Hälften zusammensetzt und aufpassen muss, dass die Bruchkanten deckungsgleich übereinanderliegen. Sie braucht jedes Mal länger dafür, kommt jedes Mal später. Ich muss mich beeilen. Wenn das Brot nicht auf dem Tisch steht, gibt es einen Riss in der Welt, durch den mein Vater hindurchtritt und mich am Nacken packt wie ein Tier. Das Brot steht auf einem quadratischen Holzbrett in der Mitte des Tischs. Das Messer liegt neben dem Brett mit der Spitze zur Tür. Ich habe den Kaffee aufgesetzt und die Milch in einen Krug gefüllt. Im Schlafzimmer meiner Eltern trocknet der Leim an den Bruchkanten, und ich stelle mir vor, dass es so in einer Werkstatt riecht, beim Schreiner unten im Dorf. Mein Vater kommt durch die Tür und setzt sich an den Tisch. Er brummt ein Wort, das ich nicht verstehe, vielleicht habe ich es gut gemacht bis jetzt, das Brot ist frisch, die Milch ist kalt, das Messer liegt parallel zum Brett. Der Kaffee ist heiß, mein Vater nippt daran und verbrennt sich die Lippen. Aber das kann nicht mein Fehler sein, ich darf nur nicht hochsehen. Mit gesenktem Blick warte ich darauf, dass er mir das Brot zuschiebt, ich kaue in mittlerem Tempo, nicht zu schnell, nicht zu langsam. Als meine Mutter in die Küche kommt, ist der Kaffee schon abgekühlt, und ich hebe den Blick genau im richtigen Moment. Mein Vater ist fertig. Er wischt sich die Brotkrümel vom Mund und steht auf, sagt, was getan werden muss. Es gibt immer etwas zu tun. Die zweite Arbeitshose muss geflickt werden, der

Zucker ist leer, im Hof wächst das Unkraut aus den Ritzen. Wir nicken und merken uns alles, als ginge es um unser Leben, um unseren Fortbestand in dieser Welt, in diesem Dorf, in diesem Haus. Erst als mein Vater das Haus verlässt, atmen wir aus. Meine Mutter schenkt sich eine Tasse Kaffee ein und teilt die Aufgaben auf, die mein Vater uns gegeben hat. Sie kümmert sich um die Hose, den Zucker, die Wäsche, das Brot. Das Unkraut jäte ich am Nachmittag, wenn ich von der Schule nach Hause komme. Es sitzt tief in den Ritzen zwischen den Platten, es genügt nicht, es mit den Fingern auszurupfen, ich muss auf die Knie gehen und mit einem Messer durch die Ritzen fahren, um die Erde samt den Wurzeln zu lösen, dann muss ich die Erde und das Unkraut herausheben und mit einem Handfeger auf ein Kehrblech kehren, muss die Platten fegen, einen halben Eimer Wasser darüberschütten und die Platten mit einem Lappen abwischen, bis keine Erde mehr zu sehen ist, kein Unkraut, kein Anzeichen dafür, dass etwas gewesen ist, was nicht sein soll. Die Erde sitzt tief in den Rillen meiner Haut und unter den Fingernägeln. Ich wasche mich am Spülbecken in der Küche, das Wasser ist so kalt, dass es beinahe wehtut. Meine Mutter sitzt am Tisch und schält die Kartoffeln fürs Abendessen. Jetzt wäre die Zeit. Mein Vater ist noch im Bruch, die Hausaufgaben erledige ich später am Abend, das Schälen der Kartoffeln ist eine Arbeit, die meiner Mutter mühelos von der Hand geht.

Jetzt wäre Zeit.

Ich versuche, von der Schule zu sprechen, von Ada und Cass, von Lilianne und Séraphine, von der Alltäglichkeit und wie es war, das Unkraut zu jäten, versuche zu fragen, ob sie die Hose genäht und den Zucker gekauft hat, ob sie immer glücklich war oder je hat weggehen wollen, von dem Dorf und von meinem

Vater. Ich krächze, als ich den Mund aufmache. Meine Mutter sieht kurz hoch, sie kann blind schälen nach all den Jahren, ihre schwieligen Hände führen das Messer in langen, gleichmäßigen Schwüngen über die Frucht, doch wozu, ich habe mich nur geräuspert und drehe mich schon wieder um, zum Spülbecken, wo das Wasser in einem dünnen Rinnsal aus einem Rohr in der Wand läuft. Ich trockne meine Hände an einem Geschirrtuch ab. Die Zeit, die gewesen wäre, geht vorbei wie jede andere, die geschälten Kartoffeln rumpeln in den Topf, und wir warten nur noch darauf, dass mein Vater nach Hause kommt. Das Haus atmet aus, atmet ein. Mein Vater zieht seine Schuhe aus und stellt sie in den Flur, zieht die graue Jacke und die Hose aus und hängt sie über einen Bügel an der Tür. Ich lasse ihm Wasser ins Spülbecken, damit er sich waschen kann. Das Wasser ist kalt und klar und frisch, und er taucht sein Gesicht hinein und dann erst die Hände. Schweigend essen wir zu Abend. Mein Vater zerdrückt die Kartoffeln in der weißen Soße aus Milch und Mehl, schiebt sie auf die linke Seite des Tellers und türmt sie auf, nimmt das Fleisch, das es nur manchmal gibt, und legt es auf die frei gewordene rechte Seite des Tellers, schneidet es klein, schiebt die Kartoffeln darüber, bis nichts mehr von dem Fleisch zu sehen ist, glättet die Fläche und verharrt für eine Sekunde über dem Teller, bevor er die erste Gabel nimmt. Ich darf nicht vor ihm anfangen, und ich darf nicht nach ihm fertig sein. Er beginnt und beendet die Mahlzeit, seine Gabel fällt mit einem Klirren in den leeren Teller, er steht auf und streicht mir über die Haare, mit seiner rauen, von der Arbeit gezeichneten Hand. Die Berührung ist schwer und leicht, die Hand ist heiß und kalt, ich will gleichzeitig zu ihm hin und von ihm weg, sodass ich mich gar nicht bewege und er glauben muss, es sei mir egal. Mein Vater nimmt die Hand von meinem Kopf und verlässt die Küche. Er beginnt und beendet. Ich räume die Teller ins Spülbecken, die Gabeln, die Messer, meine Mutter erledigt den Rest, während ich in meinem Zimmer die Hausaufgaben mache, die Bücher wegräume, mich umziehe. Einmal muss ich noch in die Küche zurück, um mich zu waschen. Mein Vater sitzt am Tisch und sieht aus dem Fenster. Als ich ihm eine gute Nacht wünsche, murmelt er etwas, ein Wort, das ich nicht verstehe, vielleicht habe ich es gut gemacht heute. In meinem Zimmer lege ich mich aufs Bett und lausche den Vögeln, es ist noch hell und wird bald dunkel.

Ein Tag, tausend Tage.

Sie fließen ineinander wie dunkles, flüssiges Brot, verkleben zu einer zähen Masse, aus der nichts herausragt, keine Erinnerung, nichts, wonach man greifen könnte, ein dunkler, zäher Strom, in den ich vor langer Zeit gefallen bin und nicht mehr herauskomme.

Nur einmal war es anders.

Einmal ist mein Vater noch vor den Hähnen gegangen und nicht wiedergekommen, ich weiß nicht, warum, ich weiß nicht, wohin. Ich habe das Brot hingestellt, das Messer ausgerichtet, den Kaffee gekocht. Meine Augen haben gesehen, dass er nicht da ist, aber mein Kopf hat es nicht begriffen. Mit gesenktem Blick habe ich darauf gewartet, dass er mir das Brot zuschiebt. Ich war allein in der Küche, meine Mutter hat noch länger gebraucht als sonst. Ich habe meinem Vater, der nicht da war, eine Tasse Kaffee eingeschenkt, die Milch in einen Krug gefüllt, mich wieder hingesetzt. Meine Mutter hat mich so gefunden, mit gesenktem Blick, die Hände neben dem leeren Teller.

»Sieh mich an. Er ist nicht da.«

Ich habe sie angesehen und nichts begriffen. Ihre beiden Hälften waren unsauber zusammengeklebt, leicht versetzt, so-dass eine scharfe Kante über meine Mutter lief, ein aufgefalte-ter Grat unter der Haut, vom Scheitel über das Gesicht bis zur Scham. Sie wollte sich nicht setzen oder konnte es nicht. Ich habe mir das Brot genommen und gegessen, aber es hat sich falsch angefühlt, wie stehlen. Ständig haben wir zur Tür gese-hen, ob er nicht doch noch kommt. Dann wussten wir nicht, wann das Frühstück zu Ende ist, sind in der Küche geblieben, obwohl wir längst fertig waren.

»Du bist spät, die Schule fängt gleich an.«

Ich konnte nicht aufstehen. Meine Mutter hat mich unter den Armen gepackt und vom Stuhl gerissen. Die Kante in ih-rem Gesicht hat sie hart gemacht, härter als sonst. Ihre Stimme war ein Zischen, so laut, dass ich zusammengezuckt bin.

»Geh jetzt!«

In der Schule habe ich nur daran gedacht, was getan werden muss. Was er von uns verlangt hätte. Unmöglich, es nicht zu tun. Die Hose nicht zu flicken. Das Unkraut nicht zu jäten. Den Zucker nicht zu kaufen. Meine Mutter stand in der Küche und hat seine Wäsche gewaschen, als ich nach Hause kam. Von ihrem Hinterkopf war die Kante verschwunden, die Hälften lagen wieder deckungsgleich. Ich konnte sehen, dass sie die Fenster geputzt und den Boden gewischt hatte, die Schränke glänzten wie gewienert, der Herd war frei von allen Rückstän-den, sauber, glänzend schwarz. Noch immer wussten wir nicht, was wir miteinander anfangen sollten, ohne ihn.

»Mach du die Kartoffeln fürs Abendessen.«

Wir aßen schweigend, das Essen schmeckte wie immer,

ohne dass wir es merkten. Auf dem leeren Stuhl meines Vaters saß die Ordnung der Welt und sah uns beim Essen zu. Wir konnten nicht hinsehen. Die blauen, verschleierten Augen der Welt. Nach einer Weile schlug meine Mutter mit dem Messer auf den Teller, ein spitzes Klirren, zum Ende der Mahlzeit. Ich ging in mein Zimmer und machte die Hausaufgaben, zog mich um und ging in die Küche zurück, um mich zu waschen. Meine Mutter saß am Tisch und sah aus dem Fenster. Beim Zähneputzen beobachtete ich ihr Spiegelbild in der dunklen Scheibe, sie saß ganz still, aufrecht, mit hocherhobenem Kopf.

»Komm, ich mach dir die Haare.«

Sie holte ihre Bürste aus dem Schlafzimmer, die Haarbänder, die Spangen. Ich rückte den Stuhl meines Vaters zurecht und setzte mich mit zitternden Händen an den Tisch. Während sie hinter mir stand und meine Haare in langen Strichen kämmte, blieb ich regungslos, atmete kaum, um die Zeit nicht zu zerstören, die wie Glas um uns herum war, so dünn und zerbrechlich. Sie flocht mir zwei Zöpfe und band sie in meinem Nacken zusammen. Sie steckte mir die Spangen ins Haar, die sie bei ihrer Hochzeit getragen hatte, so sagte sie es mir, dass sie sehr jung gewesen sei, fast noch ein Kind.

»Ich hab ihn eigentlich sehr lieb gehabt, er ist ein netter Junge gewesen, mit seinen blauen, wunderschönen Augen.«

Ich schrecke hoch, öffne die Augen.

Mein Vater stürzt an meinem Zimmer vorbei ins Schlafzimmer und reißt die Bilder herunter, die im Flur an der Wand hängen. Vor mir auf dem Schreibtisch liegt die Zeichnung des Bocks. Die Farbe auf seinem Bauch ist getrocknet, und ich fahre mit den Fingerspitzen darüber, über die Sterne, über den großen, zerbrochenen Wagen.

Ich bin mir ganz sicher.

Ich kann hier nicht bleiben.

Georg muss mich fortbringen. Er muss mich mitnehmen, wenn er wieder geht, und ich muss bei ihm sein, wenn er das Dorf zum Tal hin verlässt. Ich stecke die Zeichnung zwischen die Seiten des Buchs und lege mich ins Bett, lausche mit weit geöffneten Augen, wie mein Vater im Schlafzimmer über meine Mutter kommt. Die Geräusche meines Vaters schwellen an, ein Grollen in der Wand, wie von einem hungrigen Tier. Ich habe zu ihm gesagt:

»Lilianne liebt einen Jungen.«

Aber das ist nur die halbe Wahrheit.

Ich hätte sagen müssen:

»Lilianne hat einen Jungen geliebt. Aber sie tut es jetzt nicht mehr.«

Auch sie will weg, so wie ich wegwill, vor einem Jahr schon hat sie den Jungen gebeten, ihn angefleht, hat ihm ausgemalt, wie es sein könnte mit ihnen beiden in der großen Stadt. Der Junge hat sie vertröstet, aber man kann Lilianne nicht vertrösten, ihre Liebe verschwindet dann wie ein flüchtiger Gedanke, und sie wendet sich ab, ein Kind, das von einem Spiel ins nächste gerufen wird. Sie hegt keinen Groll gegen den Jungen, sie hat ihn fast schon vergessen. Im letzten Sommer, als sie ihn noch geliebt hat, ist sie jeden Tag mit ihm gegangen, aus dem Dorf heraus, wir wissen nicht genau, wohin, in die kitzelnden Wiesen, wo niemand sie sehen konnte, wo sie ihn mit den Fingern in ihre Haare gelassen hat wie sonst nur Ada, lächelnd über das, was er ihr versprochen hat, während er die Haare um seine

Finger gewickelt und ihr Ohr in den Mund genommen hat. Sie hat sich jedes Wort für später gemerkt, hat sich neben Ada auf die Mauer gesetzt und gesagt:

»Er geht mit mir fort, ich glaube, er geht mit mir fort.«

Aber Lilianne ist immer noch hier, der Junge ist immer noch hier.

Wir sehen ihn jeden Tag in der Schule, er sitzt schräg hinter uns an der Wand und teilt den Raum in einzelne Sekunden, die er an den Fingern abzählt, bis die Glocke läutet und er endlich gehen kann. Wir spüren seinen Blick auf dem Hinterkopf, er gleitet über uns hinweg, über Cass, Séraphine, über mich, bei Lilianne verharrt er kurz in der Erinnerung, sie sagt, es ist wie die Spitze eines Stocks, die einem immer wieder in den Nacken stößt. Ada streicht Liliannes Haare aus dem Nacken und untersucht ihn auf Blutergüsse. Sie ist bei dem Jungen gewesen, nachdem er Lilianne sitzen gelassen hat, hat ihn gefragt, ob er weiß, was er getan hat. Der Junge hat gelacht, und Ada hat ihn umgestoßen wie einen Bock. Der Hass auf Ada schwelt seit einem Jahr in dem Jungen. In der Schule schneidet sein Blick kleine Quadrate aus ihrem Schädel, die er zwischen den Sekunden an den Fingern abzählt. Die Zeit ist eine Fliege an der Wand. Wir sehen hin, gezwungenermaßen, weil sich sonst nichts bewegt. Die Fliege läuft über die Wand, ohne Spuren zu hinterlassen. So ist es immer: Die Zeit geht spurlos an uns vorüber, obwohl wir die Fliegen in der Faust fangen und in Einmachgläser stecken, die Cass aus dem Keller ihrer Eltern stiehlt. Unter Glas wird die Zeit wahnsinnig, tobt gegen das Glas in wirren, verzweifelten Zuckungen, aber wir werden nicht älter davon. Wir sehen zu, warten, bis die Flügelschläge langsamer werden und die Benommenheit einsetzt, die Schlaftrunkenheit, die der Ohnmacht vorangeht, dann öffnen wir die Gläser, und die Zeit fliegt davon, ohne eine Spur zu hinterlassen, ein schwarzer Punkt, ein Einstich im Himmel.

Cass bringt die Gläser zurück.

Séraphine füttert ihren Hund und mistet den Zwinger aus.

Ada hilft ihrer Mutter in den Ställen.

Lilianne und ich gehen zu der Verdickung des Flusses und halten die Beine bis zu den Knien ins Wasser. Wir sind oft hier nach der Schule, der Fluss kommt an dieser Stelle beinahe zum Stillstand, staut sich in einem Becken, in dem sich das Wasser aufheizt, sodass wir baden können, ohne zu frieren. Über den flachen Felsen flirrt die Luft, ein leichter Wind rauscht durch die umstehenden Bäume. Es ist niemand hier, der uns stört, die Jungen sind fort, irgendwo auf den Feldern oder im Bruch, wo sie jetzt immer öfter helfen müssen, obwohl sie lieber hier wären, bei Lilianne und mir, um uns anzuschauen, unsere Beine, am Saum entlang, dort, wo der Rock in Haut übergeht.

Wir lassen uns zurücksinken und schließen die Augen.

Ich kann nur an Georg denken, aber ich kann nicht über ihn sprechen, weil ich Angst habe, dass er dann ohne mich geht. Einer wie er ist noch nie hier gewesen. Andere ja, Männer, die so sind wie unsere Väter, sie steigen aus dem Zug und gehen ins Gasthaus, zuerst nach oben, wo die Verwaltung des Steinbruchs sitzt, dann nach unten zum Wirt, wo sie mit unseren Vätern trinken. Wir beobachten sie, wie sie am Abend aus dem Gasthaus stolpern und über den Dorfplatz zum Bahnhof torkeln, ziehen die Röcke über unsere Knie, bis sie mit dem Zug im Tal verschwunden sind. Keiner ist je wie Georg gewesen. Kein Kind mehr, aber auch kein Mann, einer, vor dem ich mich nicht fürchten muss, wenn er an mir vorbeigeht, dessen

Hand ich nehmen werde, wenn er sie ausstreckt. Ich frage Lilianne nach dem Jungen, den sie geliebt hat, und sie fängt an zu erzählen, von Häusern, von Wolkenkratzern, von irgendeiner Stadt.

»Ich habe geglaubt, er geht mit mir fort, ich habe wirklich geglaubt, er geht mit mir fort.«

So ist es immer. Wir liegen am Fluss und träumen von Dingen, die hätten sein können, aber nicht sind, reden davon und tun nichts, außer Fliegen zu fangen und wieder freizulassen. Über den flachen Felsen schwirren die Mücken und übersäen unsere Körper mit roten Punkten, die zu jucken anfangen und schlimmer werden, wenn wir uns kratzen. Ich öffne die Augen. Ada kommt zum Fluss, Séraphine, Cass. Sie setzen sich neben uns und halten die Beine ins Wasser bis zum Saum. Cass hat die Gläser in den Keller zurückgebracht und die Wäsche in den Garten getragen, wo ihre Mutter die Wäsche über eine Leine wirft und die Kanten der Laken aneinander ausrichtet, bis sie deckungsgleich übereinanderliegen. Aus der Küche hat Cass Brot genommen, das sie langsam im Mund zerkaut. Séraphine hat Futter in den Napf gegeben und ihrem Hund beim Fressen zugeschaut. Der Hund kaut anders als Cass, schneller, drängender, Séraphine beobachtet den mahlenden Kiefer unter den Lefzen, lauscht den Nebengeräuschen, dem Schmatzen, dem Grollen im Kehlkopf. Als er fertig ist, kommt der Hund zu ihr, und sie streichelt ihn kurz, ein paar Sekunden nur, bevor sie den Zwinger sauber macht, mit einer Schaufel, einem Besen. An ihrer Hand klebt Kot, an Adas Arm kleben Federn, sie ekelt sich nicht vor den Hühnern, packt sie mit einer Hand und setzt sie um, während sie mit der anderen die Eier einsammelt und in einen Korb legt.

Lilianne schöpft Wasser aus dem Fluss und wäscht die Federn von Adas Arm.

Ada erzählt vom Erntefest, davon, wie sie uns auf die Bühne führen werden, wie sie uns anschauen werden.

Cass verschluckt sich am Brot und fängt an zu husten.

Séraphine streicht sich die Haare aus dem Gesicht.

Ich öffne die Augen.

Der Himmel ist wolkenlos blau, unvorstellbar, dass dort Sterne sind, Sternbilder, Wagen und Einhörner. Wir ziehen die Beine aus dem Wasser und lassen sie in der Sonne trocknen. Auf dem Weg zurück ins Dorf sehen wir Georg schon von Weitem, ein dürrer, entlaubter Baum, die Arme zur Seite ausgestreckt. Wir gehen zu ihm hin; folgen ihm auf seinem Weg durch die Wiesen, ums Dorf herum, über den Friedhof, an den Gärten vorbei und wieder zurück. Wenn er stehen bleibt, bleiben wir auch stehen. Wenn er weitergeht, folgen wir ihm im Abstand von einigen Metern, mal nebeneinander, mal hintereinander wie Gänse. Georg stört sich nicht daran. Er sieht sich kaum um, spricht nicht mit uns, bewegt sich mit raumgreifenden, aber langsamen Schritten. Immer wieder hält er an Orten inne, die wir nicht verstehen.

Warum hier? Hier ist nichts Besonderes, ein Grab, eine Wand, ein Markstein.

Ich versuche, die Dinge durch Georgs Augen zu sehen, als sähe ich sie zum ersten Mal, aber es gelingt mir nicht. So oft bin ich schon achtlos daran vorbeigegangen, dass ich nichts mehr darin erkenne, es ist, was es ist, die Wand ist die Rückwand der Schule, in dem Grab liegt Adas Onkel, der Markstein markiert die Grenze zwischen zwei Parzellen, auf denen Obstbäume stehen, Äpfel, Birnen, Kirschen.

Georg berührt das Grab, die Wand, den Markstein.

Wir halten den Atem an, aber es passiert nichts.

Das Grab bleibt ein Grab, die Wand eine Wand, der Markstein ein Markstein.

Als Georg weitergeht, atmen wir aus, folgen ihm durch die schmale Gasse zwischen Schule und Hinterhof, über die Hauptstraße zurück zum Dorfplatz. Georg verschwindet im Gasthaus. Die Sonne steht tief über den Gipfeln, und wir setzen uns auf die Mauer, müde vom Tag, müde von der Langeweile, müde von der Rätselhaftigkeit dieses fremden Mannes, der durch unser Dorf geht und Dinge berührt, die keine Bedeutung für uns haben, keinen Sinn, außer da zu sein und es immer zu bleiben.

4

Die Mädchen folgten ihm, wie sie ihm gestern gefolgt waren, und Georg fragte sich, was sie von ihm wollten. Mit einem kurzen Blick über die Schulter sah er sich zu ihnen um. Sie belegten die ganze Breite des Weges, fünf nebeneinander, eine Fata Morgana, Gesetzlose im flirrenden Licht des Morgens. Die, die bei ihm gewesen war, ging ganz am Rand und hielt ein wenig Abstand zu den anderen, indem sie immer einen halben Schritt zurückblieb. Ihr Kleid war heller als das, das sie in den Bergen getragen hatte. Er versuchte, sich ihren Namen in Erinnerung zu rufen, aber es gelang ihm nicht. Etwas Kurzes, Einsilbiges, eine Art Ruf oder Bestätigung, er kam einfach nicht darauf. Nachdem sie ihn verlassen hatte, war er noch lange wach gewesen, unruhig trotz der Erschöpfung, rastlos von einer Ecke des Zimmers zur anderen gehend, die flache Hand auf dem Bauch, reibend, aber, unter Aufbringung aller Kräfte, nicht kratzend. Seine Haut war schlimmer geworden, trotz des Kortisons. Um sich zu beruhigen, hatte er in den Unterlagen die Bilanzen der letzten drei Jahre durchgesehen, Umsätze, Erträge, Fördermengen, Material-, Personalkosten. Er wusste, dass der Steinbruch nur eine Marginalie im Portfolio der Gesellschaft war. Seine Abwicklung hatte keinerlei tiefergehende Bedeutung, eine Formalität, wie er es dem Mädchen gesagt hatte. Zum ersten Mal reiste er zu einem solchen Zweck im Auftrag der Gesellschaft. Generaldirektor P. hatte ihn persönlich betraut, es war wohl eine Art Test, wie er draußen zurechtkäme, ob er geeignet wäre für die Konfrontation mit der Welt, die er kaum kannte, und mit den Personen, deren Schicksal er durch seine bloße Anwesenheit in eine neue Richtung lenkte. Sein erstes Treffen mit dem Geschäftsführer und dem Prokuristen des Steinbruchs am gestrigen Nachmittag war erwartungsgemäß verlaufen. Er hatte die Bedenken der Gesellschaft dargelegt und dem Geschäftsführer die Möglichkeit gegeben, sich zu rechtfertigen. Der Geschäftsführer hatte ihn an den Prokuristen verwiesen, der Prokurist hatte einen langen, mit Gegenvorwürfen gespickten Vortrag gehalten und ihm zum Abschluss des Treffens die neuesten Zahlen vorgelegt, die Georg noch in der Nacht durchgearbeitet hatte. Die Zahlen waren widersprüchlich, absichtlich verschleiernd. An seinem Tisch am Fenster sitzend hatte er bis zum frühen Morgen gebraucht, um sie zu ordnen und die Systematik freizulegen, mit der er betrogen werden sollte. Es war, wie er es erwartet hatte, eine Geduld fordernde, aber zu bewältigende Aufgabe.

Nur mit den Mädchen hatte er nicht gerechnet.

Er wandte sich von ihnen ab und setzte seinen Weg fort, entlang einer Rinne, die hinter den Häusern und Gärten entlanglief, um den Regen zum Tal hin abzuleiten. Die Rinne war aus dem Kalkstein des Steinbruchs gefertigt, wie alles hier im Dorf: Häuser, Wände, Mauern, die Grabsteine und Torbögen, das Pflaster der Straßen, Waschbecken, Toilettenschüsseln, Treppenstufen, Stelen, Wannen, Schlachtblöcke. Ein stumpfes, schmutziges Weiß, eine Monokultur, die den Boden aus-

laugte und auf Sicht unbrauchbar machen würde, falls dies
nicht schon vor Jahren unbemerkt geschehen war. Er drückte
seinen Fingernagel in den weichen, nachgiebigen Stein einer
Hauswand. Der Nagel drang mühelos ein, und ein wenig Kalk
rieselte auf den Boden. Schon gestern hatte er überall diese
kleinen Markierungen hinterlassen, schwache, halbmondför-
mige Eindrücke seines rechten Daumennagels, die nach dem
nächsten Regen, dem nächsten Sturm wieder verschwunden
wären, ein flüchtiger Beweis seines Aufenthalts hier im Dorf. Er
wusste nicht genau, wie lange er bleiben würde. Es waren noch
mehrere Treffen vereinbart, auch ein Ortstermin am heutigen
Nachmittag, aber er verspürte keine Eile, kein Bedürfnis, seine
Aufgabe schneller als nötig zu erledigen. Die engen Gassen, in
die er eingebogen war, waren menschenleer. Auf der Hauptstraße war er noch einigen Frauen begegnet, die ihn mit einem
kurzen Kopfnicken gegrüßt hatten, aber nun ging er allein mit
den Mädchen durch die Stille und die Schatten zwischen den
dicht zusammenstehenden Häusern. Er ging langsam, ohne
jede Hast. Der Stein um ihn herum verschluckte das Geräusch
seiner Schritte, und er stellte sich vor, was sonst noch alles in
den Wänden war: das Bellen der Hunde und das Fauchen der
Katzen, das Singen der Vögel, das panische Herz eines verirr-
ten, gehetzten Fuchses, das Klackern der Maultierhufschläge
auf dem Pflaster; Geburtsschreie, Neugeborenenschreie, Müt-
terschreie; die schweren Zungen der betrunkenen Väter, eine
gedehnte, lang gezogene Klage, die gedehnte, lang gezogene
Lust eines an die Wand gepressten Körpers, das Aufreiben der
Wange am Stein, ein in die Wand gehauchtes Stöhnen, lachen-
de, weinende Kinder, das Prasseln des Regens und das Knistern
der Hitze im Sommer, Wolfsgeheul, Sturmgeheul, die alles

erdrückende Stille des Winters. Er legte ein Ohr an den Stein und lauschte. Die Wand mochte zweihundert Jahre alt sein, vielleicht auch älter, in den Unterlagen war die Gründung des Dorfes nicht genau datiert. Er hörte genau hin; auf die Regung der Jahre, der Lebenden und der Toten. Das Blut rauschte in seinem Kopf, sonst war da nichts. Er nahm das Ohr von der Wand und schaute sich kurz zu den Mädchen um, die unter dem Torbogen am Zugang der Gasse standen und darauf warteten, dass er weiterging. Sie ahnten nichts, wussten nichts, kannten die Zahlen nicht. Er spürte ein leichtes Bedauern, immerhin, so nahm er an, hatten sie ihr ganzes Leben hier verbracht und rechneten damit, noch lange zu bleiben. Ohne den Steinbruch würden sie bald aus dem Dorf verschwunden sein, mit allen anderen. Er stellte sich die eingestürzten Gebäude vor, überwuchert von Flechten und Gras, die durch die Böden und Pflaster brechenden Keimlinge, Tiere in allen Winkeln, ein Rascheln und Nesteln aus allen Richtungen, wie von Käfern, die aus ihren Hüllen schlüpften und über die stumpfen Nerven des Dorfes strichen.

Er wischte den Gedanken beiseite und ging bis zum Ende der Gasse, die nach einer leichten Biegung auf dem Dorfplatz mündete. An der Uhr über dem Bahnhofsgebäude erkannte er, dass es Zeit war. Im Augenwinkel sah er die Mädchen, wie sie über den Platz zu der Mauer gingen, während er das Gasthaus betrat und die Treppe zu dem großen, lichtdurchfluteten Raum im obersten Stock nahm, in dem sie gestern schon über Stunden konferiert hatten. Der Geschäftsführer und der Prokurist saßen schweigend nebeneinander mit dem Rücken zum Fenster. Er unterließ es, sie mit einem Händedruck zu begrüßen, nickte nur kurz, bevor er sich ihnen gegenüber an den Tisch setzte, den Ordner des laufenden Geschäftsjahres aufschlug und anfing, darin zu blättern. Die Sonne schien gleißend durchs Fenster, Staubpartikel standen scheinbar schwerelos in der dicken Luft. Er nannte die Zahlen, die ihm besonders ins Auge gefallen waren: ein plötzlicher Abfall der Fördermenge im ersten und zweiten Quartal, dann, im dritten Quartal, ein ebenso plötzlicher Anstieg, ohne dass sich dies im Umsatz niedergeschlagen hätte. Im Gegenteil war dieser noch weiter gesunken.

»Haben Sie diese ganzen Mengen auf Halde liegen, oder existiert das Produkt vielleicht überhaupt nicht?«

Der Mund des Prokuristen brach auf und blieb für einen Moment offen stehen, sodass Georg die stumpfen, schwarz verplombten Backenzähne erkennen konnte, die Zunge ein Schneckenleib, der sich über die brüchigen Ruinen wälzte. In den ersten Jahren nach dem Verschwinden der Menschen würden die Jahreszeiten damit beginnen, die Bausubstanz des Dorfes aufzubrechen. Der Herbst würde die vom Sommer geöffneten Risse mit Wasser füllen, der Winter würde Eiskeile hineinsetzen, der Frühling die gelösten Bruchstücke herausspülen. Vögel prallten gegen die Fenster und ließen sie zerspringen, ein Sturm fegte die Schindeln von den Dächern, der Schimmel setzte Enzyme in das Holz der Dachstühle und Stützbalken, die unter der Fäulnis nachgeben und einstürzen würden, bis die Häuser nach wenigen Jahrzehnten offen und ungeschützt dalägen, überzogen von einem geschlossenen Teppich aus Krautweide, Brombeersträuchern und Efeu. Er wandte den Blick vom Mund des Prokuristen ab und sah durchs Fenster hinaus auf den Dorfplatz, dessen Pflaster unter dem

Wechsel von Hitze und Kälte aufreißen und die vom Wald und den Feldern herüberwehende Saat in seinen Rissen aufnehmen würde. Die Wurzeln der jungen Fichten würden die Steine anheben. Die Mauer würde einsacken und auseinanderbrechen. Der vom Hang herabrollende Schlamm würde sich über den Dorfplatz legen und aufblühen, ein wilder Garten, den kein Mensch je betreten würde.

»Wie meinen Sie das?«, fragte der Prokurist.

»Ich meine, dass Sie mir eine Produktivität vorgaukeln, die nichts mit der Realität zu tun hat.«

»Das unterstellen Sie uns?«

»Das entnehme ich den Zahlen, die Sie mir gegeben haben.«

Er richtete sich auf, klappte den Ordner zu und legte die Hände flach darauf, um die Sache zu beschließen. Der Prokurist verstummte und sah zu ihm hoch.

»Ihre Bücher sind eine Lüge. Seit ich hier bin, lügen Sie mich an. Sie beschämen mich, und Sie beschämen sich selbst, und ich frage mich, warum Sie das tun.«

Der Prokurist sprang vor, bleckte die Zähne, knurrte wie ein Hund. In dem verlassenen Dorf würden die Hunde durch die aufgebrochenen Straßen streichen, abgemagert, schreckhaft, toll, eine verlorene Generation, weil erst die Nachkommen in vollkommener Wildheit aufwachsen würden, frei von der strafenden und ordnenden Hand ihrer Herren. Er wich einen Schritt zurück. Der Geschäftsführer fasste den Arm des Prokuristen und zog ihn auf den Stuhl zurück, bevor er sich betont herablassend an Georg wandte.

»Wir werden heute sprengen, dann werden Sie ja sehen, was wir haben oder nicht haben. Es ist alles für Sie vorbereitet.«

Er stand auf und ging um den Tisch herum zur Tür. Georg

zögerte. Die Zahlen waren eindeutig, nichts konnte irgendetwas daran ändern oder besser machen. Als der Prokurist an ihm vorbeiging, berührten sie sich leicht an der Schulter. An der Tür sah er sich noch einmal zu ihm um, dann verließ er zusammen mit dem Geschäftsführer den Raum. Georg hörte die Schritte der beiden Männer auf der Treppe, ein dumpfes, nach unten hin leiser werdendes Poltern, wie von Steinen, die sich aus dem Mauerwerk lösten und ohne Halt zu Boden stürzten.

Vor dem Gasthaus standen die Mädchen der Größe nach aufgereiht an der Mauer. Eine fuhr mit ihren Fingern immer wieder durch die langen braunen Haare einer anderen. Die, die bei ihm gewesen war, machte einen Schritt von der Mauer weg. Eine andere strich sich die Haare aus dem Gesicht. Georg senkte den Blick und folgte dem Geschäftsführer und dem Prokuristen zum Bahnhof, wo im Schatten des Vordachs eine Gruppe weiterer Männer auf sie wartete. Die Männer standen wortlos rauchend beisammen. Dünne Rauchfäden stiegen vor ihren Gesichtern auf, sie kniffen die Augen zusammen und sahen zu ihm hinüber, wie er im Schlepptau des Geschäftsführers und des Prokuristen auf sie zusteuerte. Er wusste nicht, wer die Männer waren; Mitarbeiter des Steinbruchs in irgendeiner Funktion, Ingenieure, Vorarbeiter, einfache Steinmetze. Sie starrten ihn an, während er ihre groben, rissigen Hände betrachtete, die kantigen, von dunklem Haar umrahmten Gesichter. Einer der Männer hustete in die hohle Hand. Ein anderer wandte sich grinsend ab. In seinem Rücken tobten die Blicke der Mädchen, aber er widerstand der Versuchung, sich zu ihnen umzudrehen. Der Geschäftsführer warf die Zigarette, die er sich auf dem kurzen Weg angezündet hatte, in den Sand.

Die Männer taten es ihm nach, einer reckte sich und machte ein Geräusch, ein zweiter, ein dritter. Hintereinander gingen sie zum Gleis, wo der Zug bereits wartete. Einer der Männer stieg zum Zugführer in die Lok, die anderen folgten dem Geschäftsführer in den dahintergespannten Personenwaggon. Georgs Blick ging an den Kipploren entlang, die in einer langen Reihe bis hinter die ins Tal führende Biegung der Gleise reichten. Die rostigen, mit einer feinen Kalkstaubschicht überzogenen Wannen waren leer. An den Seiten waren mit roter Kreide Nummern und Buchstaben notiert – 22/136-KY, 7/136-KD –, in denen er erfolglos eine Systematik zu erkennen versuchte. Tief in die Codes versunken, stand er als Letzter auf dem Bahnsteig. Gerade als der Zug losfuhr, reichte ihm einer der Männer aus dem Waggon heraus die Hand und zog ihn hinein. Georg bedankte sich mit einem kurzen Kopfnicken.

»Ohne Sie wäre es doch nur der halbe Spaß.«

Der Mann sah ihn eindringlich an. Er hatte ein schmales Gesicht, seine unrasierten Wangen waren eingefallen, zwei beinahe kreisrunde Löcher, in die man je eine Münze für die Überfahrt hineinlegte, die der Fährmann jeden Morgen und Abend mit seinem Boot unternahm, um den Fluss an der schmalsten Stelle zu überqueren. Georg erwiderte den Blick ohne seine übliche Scheu. Die Augen des Fährmanns waren stetig, sahen beinahe durch ihn hindurch.

»Ich weiß nicht, wie groß der Spaß für die beiden Herren werden wird«, sagte Georg.

Mit dem Kinn deutete er zu dem Geschäftsführer und dem Prokuristen, die am hinteren Ende des Waggons einander gegenübersaßen und schweigend aus dem Fenster blickten. Der Fährmann lächelte. Er beugte sich zu Georg vor, wobei er auf

die Zehenspitzen gehen und den Nacken durchstrecken musste, und flüsterte mit leiser Stimme in sein Ohr:

»Dem Spaß dieser Herren bleiben wir besser fern.«

Georg roch den Atem des Fährmanns, heiß und abgestanden,
etwas wie Zimt, dachte er, oder ein anderes dunkles Gewürz.
Der Fährmann fuhr sich mit der Hand über die kurz geschore-
nen Haare und wandte den Blick zum Fenster, wo er sich in der
Ferne verlor. Vorsichtig, um ihn nicht zu stören, trat Georg von
ihm weg und setzte sich auf einen der freien Fensterplätze auf
der Schattenseite des Zuges. Er streckte die Beine, so weit es
ging, atmete einmal tief ein und aus. Der Zug ruckte langsam
bergan. Die letzten Häuser des Dorfes blieben vereinzelt und
ohne ersichtliche Struktur zurück, auf den Wiesen graste von
Fliegen umschwärmt das Sommervieh mit endlos mahlenden,
feucht glänzenden Mäulern, endlos schlugen die Schwänze in
die Fliegen, die sich in trägen Wolken hoben und senkten. Als
er den Kopf wandte, sah er, weit hinten, den Anfang des sich
in die Berge schlängelnden Weges, auf dem er seinen ersten
Versuch unternommen hatte. Die Erinnerung sandte eine Hit-
zewelle durch seinen Körper. Er dachte an das Mädchen, das
bei ihm gewesen war, an den Käfer, den er beinahe getötet und
der nur dank des Mädchens überlebt hatte. Wie unter einem
plötzlichen stechenden Schmerz kniff er die Augen zusammen.
In dem Waggon war es bis auf das Rauschen des Zuges still.
Die Männer sprachen nicht miteinander, sie dachten ihre eigenen Gedanken, nichts fiel ihnen ins Auge, kein Geräusch beun-
ruhigte sie. Sie kannten den Weg. Das kleine, dunkle Kiefern-
wäldchen hinter den Wiesen, die Verkrüppelung der Bäume zu
struppigem Unterholz, die plötzliche Kehre, in der der Zug beinahe zum Stillstand kam. Nur für Georg war alles neu. Er sah

in den Abgrund hinab, der sich unter ihm öffnete: steile Flure von Geröll, darunter ein unscharfer, welliger Rist; fast schien es, als stehe der Zug haltlos über dem Nichts. Und doch fühlte er sich vollkommen sicher. Lag es an den Männern, die mit ihm fuhren? An der dünnen Luft, die ihm den Kopf leicht machte? Daran, dass er nichts zu verlieren hatte? Seine Eltern waren tot, Kinder hatte er nicht, auch keine Freunde. Seine Wohnung, in der er sich ohnehin selten lange aufhielt, lag in einer schmalen und dunklen Seitengasse. Wenn er das Küchenfenster öffnete und den Arm ausstreckte, konnte er die Wand des gegenüberliegenden Hauses berühren. Seine Nachbarn kannten ihn nicht. Er hätte an ihr Fenster klopfen können, hätte ihnen Mehl und Eier hinüberreichen können, ohne die Wohnung zu verlassen. Wie ein Geist lebte er hinter den doppelverglasten Fenstern. Seine Mutter war im Schlaf gestorben. Sein Vater hatte ihn erst nach Stunden angerufen, Georg fragte sich, was er in dieser Zeit getan hatte, nichts wahrscheinlich, nur sitzen und schauen, wie die Zeit vergeht. Ungeheuerlich, dass ein Mensch sich abends hinlegt und am Morgen tot ist. Nie wieder spricht, nie wieder da ist. Er starrte in den Abgrund hinab. Auf dem Rist wuchsen Pflanzen in der Farbe des Steins oder von Steinstaub überzogen, es war in den Schatten nicht auszumachen. Langsam nahm der Zug wieder Geschwindigkeit auf. Sie ließen den Abgrund hinter sich, das Unterholz blieb zurück, und das Gelände wurde steiniger, ein zerklüftetes, sonnenüberflutetes Meer, aus dem nur noch vereinzelt Gräser zwischen den von Flechten bedeckten Felsen herausragten. Am Horizont reihte sich Berggipfel an Berggipfel. Die Luft war so klar, dass er einzelne Felsformationen in den blaugrauen Flanken erkennen konnte: nadelspitze Türme, gegen die Achse verschobene und ineinander verkeilte Platten, wuchernde Geschwüre. Er dachte an die Worte seines Vaters. Es ist nichts Fremdes, es wächst aus mir, in mir. Sein Vater hatte nicht gehadert. Eine sanfte, bucklige Heiterkeit umgab ihn, vom Schmerz in der Mitte seines Körpers zusammengedrückt, klappte sein Oberkörper in beinahe rechtem Winkel nach vorne ab, bis er nur noch den Boden sah, auf dem er sich schlurfend, auf einen Stock gestützt, vorwärtskämpfte, eine mühevolle, quälende Anstrengung nur um der Anstrengung willen. Er ging immer den gleichen Weg: vom Hintereingang des Krankenhauses zur weißen Bank unter der Kastanie, durch die grasbewachsene Senke hindurch zum Teich, um den Teich herum zurück zur Bank. Dreißig Minuten für dreihundert Meter. Wenn das Gras nicht gemäht war, brauchte er länger. Wenn es stark regnete, blieb sein Stock im Schlamm stecken. Wenn es stürmte, lehnte er sich in den Wind und fiel in die Windlöcher hinein, die sich plötzlich auftaten, um ihn zu verschlucken. Georg hörte ihm zu; nichts Fremdes, man kann es nehmen, wie es ist. Der Oberkörper seines Vaters sank auf die Knie, die Wirbel ragten aus der Haut. Eine Bergkette, aneinandergereihte Gipfel. Die Täler und Sättel waren von einem matten Grün bedeckt, auf dem sich winzige Punkte bewegten, er versuchte, einen davon länger im Auge zu behalten, aber es gelang ihm nicht. Der plötzliche Tod seiner Mutter, das langsame Sterben seines Vaters. Zwischen diesen beiden Enden lag eine Wahrheit, die er nicht verstand. Er wandte sich zu dem Fährmann um, einer, der übersetzte, der hin- und herfuhr, von einem Ufer, von einem Ende zum anderen. Der der Wahrheit begegnet und mit ihr vertraut sein musste in einer flüchtigen, vorübergleitenden Bekanntschaft. Der Fährmann saß aufrecht, mit steifem Kreuz, die Hände lagen flach auf den

Oberschenkeln, die Augen waren geschlossen. Als der Zug in eine Kurve ging, machte er die Bewegung blind mit und lehnte sich mit dem Oberkörper nach rechts, während Georg von der Fliehkraft nach links gegen das Fenster gedrückt wurde. Ohne Widerstand überließ er seinen Körper der überlegenen Kraft, sein Arm verkeilte sich in der Nische des Sitzes, sein Gesicht lag platt an der Scheibe. Nach außen gedrängt, fliehend, erinnerte er sich seiner Trauer in dem leeren, von seinen Eltern verlassenen Haus. Er war kein Sohn mehr und auch kein Vater. Niemand stand mehr zwischen ihm und dem Leben, zwischen ihm und dem Tod. Er war allein. Die Dinge, die er sah, gehörten ihm, das Haus gehörte ihm, er ging herum und fasste alles an, die Bücher, die Kleider, die Töpfe, aus denen er gegessen hatte, im Keller lag schon das Holz für den Winter. Nach außen gedrängt, fliehend, verließ er das Haus. Es verkaufte sich schlecht. Erst nach Monaten fand er einen Käufer, der seine Bedingungen akzeptierte und alles so übernahm, wie es war, nur die persönlichsten Dinge ließ er sich zuschicken, Briefe, Fotos, Tagebücher. Das Haus sah er nicht wieder. Von dem Geld kaufte er sich die Wohnung in der schmalen und dunklen Seitengasse, öffnete das Fenster und berührte die gegenüberliegende Wand. Ein Schauer überkam ihn, der nicht unangenehm war. Allein. Kein Sohn mehr. Die Nachbarn kannten ihn nicht. Kaum merklich ließen die Fliehkräfte nach. Der Zug bog auf gerade Strecke, die Männer begannen sich zu regen, Georg saß aufrecht und sah zum Fenster heraus, wo sich schräg vor ihm der Steinbruch öffnete.

Der Steinbruch erstreckte sich über die gesamte Länge des Berges. Ein weiter, ungefährer Halbkreis, an dessen Rändern der

Berg ungesichert in die Tiefe stürzte, während die terrassierte Bruchwand beinahe senkrecht nach oben stieg und nur von schmalen Absätzen unterbrochen wurde, auf denen die Arbeiter wie Ameisen über die Gerüste krochen und Sprenglöcher in die Wand schlugen. Die Hammerschläge brachen sich an der Wand und rollten in Wellen über die Abraumfläche zurück. Gegenüber der Wand, am Ende des Förderbandes, mahlten die Brecher in vier hintereinandergeschalteten Aggregaten. Die Walzen liefen knirschend und krachend gegeneinander, das Steinmehl stand über den Brechern wie in die Luft geblasener Puder und bedeckte das Gesicht des Maschinenführers mit einer weißen, geschlossenen Schicht. Mit der Hand fuhr er sich über die Stirn; der Schweiß hatte sich mit dem Staub vermischt und war ihm in die Augen gelaufen, die juckten und brannten und am Abend in wunde, rot glänzende Ringe gefasst sein würden. Der Maschinenführer war es gewohnt, und doch störte es ihn. Er nahm ein Tuch aus der Tasche und wischte sich die Augen aus, während die letzten Körner aus den Brechern in die Siebkästen rieselten, die von rotierenden, mit Unwuchtgewichten versehenen Wellen in starke Schwingungen versetzt wurden. Langsam wanderte das Korngemisch über die Gitter, tanzte über den Maschen, stand für einen Augenblick wie erstarrt in der Luft, ehe es sich in die verschiedenen Kornfraktionen spaltete und in die entsprechenden Säcke fiel. Die Walzen drehten aus, verstummten. Das Kreischen der Bohrer lag über dem Berg. Die Arbeiter setzten die Sprenglöcher annähernd senkrecht eine Handbreit voneinander entfernt in die Wand. An einem langen Metalltisch am Fuß der Wand mischte der Sprengmeister den Sprengstoff und füllte das Granulat in die trichterförmigen Ladegeräte. Die Bohrer verstummten, die

Hammerschläge. In der Stille über dem Bruch stiegen die Vögel auf, formierten sich zu einem breiten Keil und verschwanden hinter dem Gipfel. Der Steinbruch war ein weißes, lang gezogenes Schweigen. Ein angehaltener Atem. Die Arbeiter befüllten die Sprenglöcher mit den Ladegeräten und brachten die Zünder an. Die Zünddrähte wurden von roten Kabeltrommeln abgewickelt und in einem dicken Zopf zusammengeführt, den der Sprengmeister am Auslöser befestigte. Die Arbeiter wichen zurück, zündeten sich Zigaretten an. Sie hatten den Sicherheitsabstand verinnerlicht, die Entfernung, die notwendig war, um nicht getroffen zu werden, ein aus der Erfahrung gewonnenes Maß. In kleinen Gruppen standen sie zusammen.

Schwiegen und atmeten.

Der Sprengmeister hob den Arm und sah sich in alle Richtungen um. Mit einem tiefen, anschwellenden Heulen drang die Sirene ins Mark der Arbeiter, ins Mark des Berges. Kleine Tiere huschten aus der Wand, Eidechsen, Salamander, zu spät. Die Sirene verstummte, der Berg. Der Sprengmeister betätigte den Auslöser und leitete die Sprengung ein, die das Gestein leicht anheben sollte, sodass es am Fuß der Wand als grobstückiges Haufwerk zusammenfiel und von den Arbeitern aufs Förderband geschaufelt werden konnte, zu den Brechern, den Sieben, in die Loren, ins Tal.

Der Berg schwieg und hielt den Atem an.

Ein monströser, sitzender Buddha, der vom Alter müde und zusammengesunken in zahllosen Auffaltungen aus kleinen Augen auf die Männer herabblickte. Pilger. Fremde Pilger, die ihm in den Bauch stachen. Der Berg war davon aufgewacht, hochgeschreckt aus dem langen, tief in den Tag hineinlangenden Schlaf einer weiteren Nacht, in der er an der Oberfläche einer geometrischen Form entlanggegangen war, an einer geraden Linie, die ihn dennoch zu dem immer gleichen Punkt zurückgeführt hatte. In dem Traum von der Form war er leicht, körperlos, und seine Anwesenheit verursachte keinen Widerstand in der Welt. Der Berg hielt inne und die Form mit ihm. Er kannte ihre Bezeichnung nicht. Mal stand er auf ihr, mal unter ihr. Ein schwaches Pochen kam aus ihrem Inneren, als die Pilger ihre Finger in seinen Stein drückten, die kalten, metallenen Zylinder als Opfergaben hineinschoben, in ihn eindrangen, seine Haut ritzten, ihn über jedes Maß verletzten.

Der Berg öffnete die Augen und sah auf Georg herab.

Georg sah zu dem Berg hinauf. Spürte seine Angst, seine Irritation. Die Männer neben ihm traten nervös von einem Fuß auf den anderen. Auch der Geschäftsführer und der Prokurist hatten ihre Unterhaltung, die sie seit dem Verlassen des Zuges flüsternd und in zunehmender Erregung geführt hatten, eingestellt und starrten auf die Wand, aus der die Drähte hingen, die den Kreislauf des Berges stabilisierten, Herz und Lunge fühlten. Das Leben des Berges an diesen seidenen Fäden; so muss es sein, dachte Georg, wenn ein Urteil erwartet wird, ein grundsätzliches Ja oder Nein, Schuldig oder Nichtschuldig. Über allem heulte die Sirene und alarmierte die Welt. Als sie plötzlich aussetzte, schien es ihm, als setze die Zeit selbst aus. Ein letztes eingefrorenes Bild: die Männer, klein, winzig vor der mächtigen Wand des Berges, die Köpfe im Nacken, in stummer Erwartung der Ladung, die durch die roten Drähte in den Berg fahren würde, jeder für sich um die Armlänge eines Lebens vom anderen entfernt, der Prokurist, der Fährmann, Georg, all die anderen. Der Berg schloss die Augen. Es war ein

Schmerz, den er kannte und immer wieder vergaß. Das kurze Kitzeln, die plötzliche Ausdehnung, das Zerreißen und Herausbrechen des Steins. Er war alt und wusste, dass er alt war. Seine Kräfte schwanden schon durch dieses Wissen allein, es hätte der Pilger nicht bedurft, ihrer Begierden nicht und ihrer Selbstsucht, in der sie sich ihm näherten und ihm seinen Stein entrissen, um ihn für sich selbst zu verwenden.

Ein Stöhnen entrang sich dem Berg.

Georg empfand es als ein separates Geräusch, der eigentlichen Detonation um einen Gedanken, eine Ahnung vorgelagert. Er staunte mit offenem Mund. Aus dem Berg brach eine Wolke, schwefelgelb und in hoher Geschwindigkeit wie aus sich selbst herauswachsend, konsumierend, dachte er und hörte in der gleichen Sekunde den gedoppelten Knall, das Krachen des Gesteins und das Rieseln der Körner, die auf sie niedergingen, dachte noch, das ist falsch, das soll so nicht sein, bevor er sich herumwarf und rannte, wo es eigentlich nichts zu rennen gab. Die Wolke umfing ihn, hüllte ihn ein, und er begann zu husten, stolperte, Kalkstaub überall, ätzend in den Augen, in der Nase, im Mund, er sah nichts mehr, stolperte wieder, fiel hin, blieb liegen. Es war ganz still. Neben ihm, im schweren Dunst der Wolke, krochen Schatten auf allen vieren in einem Zug hintereinander, dunkle, schlafwandelnde Tiere auf ihrem letzten Weg zur Ruhestatt der Böcke. Einer der Schatten warf den Kopf in den Nacken und brüllte. Ein anderer bäumte sich auf und schlug mit den Vorderhufen in die Luft, stürzte zu Boden. Auch Georg versuchte, auf die Beine zu kommen, um der Herde zu folgen. In seinem Kopf hallte noch die Explosion, und er verlor das Gleichgewicht, taumelte nach links, von der Herde weg. Eine Hand legte sich auf seine Schulter, und er hob den

Blick. In einem staubweißen Gesicht leuchteten die blauen Augen des Fährmanns. Sein Mund öffnete sich zu einem Lächeln, dann sprach er etwas, was Georg nicht verstand. Er nahm die Hand, die der Fährmann ihm reichte, und richtete sich daran auf, bis er auf wackligen Beinen neben ihm stand. Der Fährmann sprach noch einmal, lauter, schrie beinahe in sein Ohr.

»... in Ordnung?«

Georg breitete die Arme aus. Zwischen seinen Fingern spannte sich die Welt, wie er sie kannte, als zufällige Anordnung der Dinge und Menschen. Er nickte.

»Ich bin in Ordnung«, sagte er zu dem Fährmann und ließ die Arme sinken.

Um sie herum erhoben sich stöhnend die anderen Männer. Die Explosion hatte sie alle in weißen Staub gehüllt, sodass sie kaum voneinander zu unterscheiden waren. Hustende, weißhaarige Greise, gebeugt und orientierungslos wie nach einem großen Krieg. Sie sahen einander an, fragend, keiner sprach ein Wort.

Dann kam das Heulen.

Die Männer horchten. Das Heulen stieg an, brach an der Wand, doppelte sich und rann aus zwei Richtungen zu ihnen zurück, ein Hundeton, dachte Georg und hielt sich die Ohren zu. Das Heulen verstummte, und die Männer richteten sich ganz auf. Als habe erst der Schreck über das Geräusch sie in ihre eigene Person zurückversetzt, konnte er nun wieder einzelne Gesichter erkennen. Der Fährmann blickte mit zusammengekniffenen Augen in die Richtung, aus der das Heulen gekommen war. Die Kiefer des Prokuristen mahlten stockend unter der dünnen Haut. Der Geschäftsführer wischte sich immer wieder mit beiden Händen über die Wangen.

»Was ist passiert?«, fragte er.

»Ich habe Ihnen gesagt, was passieren kann«, sagte der Prokurist.

Sie standen zu acht oder neunt am äußeren Rand des Trümmerfeldes, das strahlenförmig von der Wand in den Steinbruch hineinragte. Alles war mit einer feinen Schicht aus Staub und Gesteinskörnern bedeckt, von den Brechern und Sieben rieselte es noch leise herab, auf den Terrassen häufte sich das frische Bruchwerk in groben Brocken unterschiedlicher Größe, die in spitzen Winkeln aufeinanderstanden. Georg versuchte, die Wunde im Gestein darüber auszumachen, doch die Rauchwolke, die in der unbewegten Luft vor der Wand stand, nahm ihm die Sicht. Er wischte sich über die Augen. Am Fuß der Wand erkannte er den eingedrückten Tisch des Sprengmeisters, rechts davon, in einigem Abstand, kauerte eine Gruppe von Arbeitern wie zum Gebet im Kreis. Das Heulen zerschnitt die Luft in ungleiche Teile. An der Wand warfen die Arbeiter die Hände in die Luft. Georg sah zum Fährmann hinüber, der ihm zuzuzwinkern schien, bevor er losrannte. Die anderen folgten mit leichter Verzögerung, der Prokurist, der Geschäftsführer, schließlich auch er selbst. Als er bei der Gruppe ankam, war er völlig außer Atem. Die dünne, staubige Luft brannte in seinen Lungen, aber er zwang sich, aufrecht zu stehen und über die Köpfe der anderen hinweg den Mann zu betrachten, der in ihrer Mitte lag.

Der Mann lag auf dem Bauch und hatte den Kopf nach links gedreht. Der rechte Arm war bis über den Ellenbogen von einem großen Felsbrocken bedeckt. Das Blut lief in einem Dreieck fort. Alles war weiß, nur das Blut war rot. Dort, wo die Tränen und der Schweiß über das Gesicht des Mannes liefen, war die Haut braun. Der Mann heulte aus geschlossenem Mund. Einer aus der Gruppe der Arbeiter, die die Sprenglöcher gebohrt hatten, hielt seine linke Hand. Der Fährmann zog seinen Gürtel aus der Hose und band den rechten Oberarm des Mannes ab.

»Wir müssen ihn umdrehen.«

»Wir können ihn nicht umdrehen.«

Der Mann öffnete den Mund, und das Heulen verstummte. Er wusste es vor den anderen. Mit ein paar ruckartigen Bewegungen warf er sich herum, ein Reißen der letzten Fasern, dann kam er auf der Seite zu liegen und schließlich auf dem Rücken. Seine Augen flackerten, suchten seinen rechten Arm, der unter dem Felsen liegen geblieben war. Einer der Arbeiter zog sein Hemd aus und drückte es auf den blutenden Stumpf. Der Mann schrie wie ein Kind.

»Wir brauchen eine Trage.«

Zwei der Arbeiter rannten zu der kleinen Hütte am Rande des Steinbruchs und kehrten mit einer Trage aus dickem Tuch zurück. Der Mann starrte auf seinen rechten Arm, der unter dem Felsen liegen geblieben war. Als man ihn auf die Trage hob, fasste er die Hand des Fährmanns und zog ihn zu sich herunter.

»Vergesst meinen Arm nicht.«

Der Fährmann drückte die Hand des Mannes und nickte.

»Zum Zug mit ihm«, rief der Geschäftsführer.

Vier der Arbeiter hoben die Trage an und trugen den Mann weg. Ein fünfter hielt sein Hemd auf den Stumpf gedrückt.

»Bringt ihn ins Tal«, rief der Geschäftsführer. »Und schickt uns den zweiten Zug.«

Georg sah nicht hin, wie die Arbeiter die Trage in den Zug

schafften und der Zug sich in Bewegung setzte. Er sah auch nicht zu dem Arm, der unter dem Felsen liegen geblieben war.

Georg sah zu dem Berg hinauf.

In der Wand, im Bauch des Berges, klaffte ein großes, an den Rändern gezacktes Loch. Die Rauchwolke war abgezogen. Er erkannte das Muster der Sprenglöcher, ein nach unten offenes Hufeisen, dessen obere Rundung von einer dicken Granitplatte überwölbt wurde. Der Atem des Berges ging flach wie in einem gerade beginnenden, noch unruhigen Schlaf. Georg spürte die Erschöpfung, die Notwendigkeit, zu ruhen. Ein Wundschlaf, aus dem der Berg schwach erwachen würde, ausgezehrt durch den Mangel, um vieles älter und noch immer älter werdend, beinahe unsterblich, die nördliche Flanke ein Opfer des Windes und der Erosion.

Georg wandte sich ab.

Er stand ein wenig abseits der zurückgebliebenen Männer, unter denen eine heftige Diskussion ausgebrochen war. Insbesondere die Stimme des Prokuristen tat sich immer wieder in schrillen, steil ansteigenden Kaskaden hervor.

»Seinetwegen. Alles seinetwegen!«

Der Prokurist machte ein paar schnelle Schritte auf ihn zu und schlug ihn mit der Faust ins Gesicht. Georg fiel zu Boden. Der Himmel war wieder von einem heiteren Blau. Feine Wolkenschleier zogen durch sein Blickfeld und zerwehten in der milden, vom Steinbruch erwärmten Luft. Um ihn herum formierten sich die Beine der Männer zu einem festen, in alle Richtungen geschlossenen Käfig. Schmale Streifen von Sonnenlicht fielen durch die eng stehenden Stäbe, die gebeugten Oberkörper bildeten eine Kuppel, unter der sich die Luft staute und schnell stickig wurde. Er roch den Schweiß der Männer, die nun wieder nicht voneinander zu unterscheiden waren. Ihre Gesichter schwebten im Gegenlicht über ihm, die Körper schwankten leicht hin und her. Leise atmeten sie auf ihn herab. Eine Schwere überkam ihn, als läge er unter Abraum verschüttet, er lauschte dem Knirschen der Stiefel im Kalk, dem Rascheln der aneinanderreibenden Kleidung. Die Männer rückten näher zusammen.

Dunkelheit senkte sich über ihn.

Unter ihm, tief im Gestein, schlug das Herz des Berges ruhiger. Der erste Traum der neuen Nacht. Am Horizont erhob sich die Form, deren Bezeichnung er nicht kannte, löste sich vom Boden, verfestigte sich an den Kanten. Mit einem Seufzen machte er sich auf. Ging auf gerader Linie, ohne einen Widerstand in der Welt zu verursachen. Kurz vor der Form hielt er inne. Die Pilger waren verschwunden.

Der Berg atmete aus.

Lächelte, als er mit einem Schritt die Oberfläche der Form betrat.

5

Wir stehen an der Mauer, und ich sehe, wie mein Vater Georg packt und in letzter Sekunde in den Waggon zieht. Der Zug schleicht aus dem Dorf hinauf in die Berge. Ein Gedanke, so klar wie aus dem See gehobenes Wasser:

Er wird sterben, dort im Berg. Georg wird sterben.

Ich sehe mich zu den anderen um, aber sie spüren es nicht. Diese Angst ist ganz für mich allein. Lilianne erzählt, wie sie einen Schlitz in das Kleid schneiden wird, das sie beim Erntefest tragen soll. Sie wird die Schere und das Nähkästchen ihrer Mutter nehmen, wenn diese schläft, und wird den Saum des Kleids im rechten Winkel einschneiden, damit die Jungen ihr Bein sehen, wenn sie sich auf dem Fest hinsetzt.

Unmöglich, das Kleid nicht anzuziehen.

Das Bein nicht zu zeigen.

Nicht auf das Fest zu gehen.

Lilianne sagt, dass sie den Schnitt mit einem Kreuzstich abnähen und das Kleid bis zum Fest unter ihrem Bett verstecken wird. Ada will wissen, was Liliannes Vater sagen wird, wenn er sie in dem Kleid sieht.

»Ich werde dafür büßen müssen, aber erst am nächsten Tag. Er kann mich nicht grün und blau schlagen, kurz bevor wir auf das Fest gehen.«

Cass mahlt mit den Zähnen beim Gedanken daran, dass die Jungen Liliannes nacktes Bein den ganzen Abend anstarren werden. Sie wird das gleiche Kleid tragen wie Lilianne, den untaillierten Sack aus hellgrauem Filz mit den weiß gerüschten Unterärmeln und den silbernen Ketten über der Brust. Ada wird dieses Kleid tragen, Séraphine. Wir alle werden dieses Kleid tragen, so wie die anderen vor uns.

Die Angst sagt:

Er wird dich nicht in dem Kleid sehen.

Er kommt nicht zurück.

Beim letzten Erntefest war ich fast noch ein Kind. Es hat mir fast nichts ausgemacht, ich war beinahe damit zufrieden, am Rand vor der Bühne zu stehen, die Musik zu hören und über die Jungen zu kichern, die sich in ihren Anzügen so unwohl gefühlt haben. Die Anzüge der Jungen sind aus dickem schwarzem Samt, die Knöpfe aus dem Horn der Böcke gefertigt.

Die Angst sagt:

Sie werden ihn bei den Böcken begraben.

Er wird nicht wiederkommen.

Auf der Bühne hörte die Musik auf zu spielen. Der Bürgermeister hielt eine Rede und rief danach die einzelnen Gaben auf, die Äpfel, die Birnen, die Rüben, den Kohl, die Kartoffeln, die Milch, das Fleisch, das Korn, den Schnaps. Nacheinander betraten die Überbringer die Bühne, Körbe voll Obst und Gemüse, Adas Mutter mit einer Kanne Milch, der Wirt mit einer großen Flasche Selbstgebranntem, der Metzger mit einem halben Schwein über der Schulter. Als Letzter brachte mein Vater einen Stein aus dem Bruch und hielt ihn der Menge mit beiden Händen entgegen, hoch über seinen Kopf. Der Stein war so groß wie ein neugeborenes Kind, der Pfarrer segnete ihn mit Weihwasser wie alles andere auch. Die Menge schwieg, andächtig in der glühenden Sonne, und die Überbringer verließen die Bühne.

Dann kamen die Mädchen.

Sie trauten sich kaum, erst auf ein Rufen hin kamen sie nach vorne und stellten sich in einer Reihe vor uns auf. Sie standen ganz still. Nach ein paar Augenblicken fing eine an, sich zu drehen, und die anderen machten es ihr nach, so wie sie es geübt hatten. Langsam, in winzigen Schritten gegen den Uhrzeigersinn, sodass wir sie in Ruhe von allen Seiten betrachten konnten, von vorne, von hinten, von der Seite. Wir sahen sie lange an, schweigend zuerst, dann fingen die Jungen an zu johlen, die Kinder trampelten mit den Füßen auf den Boden, die Frauen klatschten, die Alten, zuletzt auch die Männer. Der Pfarrer tauchte seine Fingerspitzen in das Messinggefäß und bespritzte die Mädchen mit Weihwasser. Die Mädchen kniffen die Lider zusammen, um nichts in die Augen zu bekommen. Sie schlugen das Kreuz, und die Musik fing wieder an zu spielen, ein blechernes, überdrehtes Scheppern wie von einem Kinderkarussell. Die Menschen sprangen auf die Bühne und tanzten, dazwischen die Mädchen, verloren, mit hängenden Köpfen.

Die Früchte des Dorfes, ein Jahrgang über uns.

Ada legt ihre Hände in Liliannes Schoß.

Cass spuckt in den Sand vor der Mauer.

Séraphine streicht sich die Haare aus dem Gesicht.

Lilianne sagt:

»Der Teufel wird es mir erst am nächsten Tag geben, wenn er sich gewaschen und gefrühstückt hat.«

Ada nimmt Liliannes Kopf in ihre Hände und streicht ihr

tröstend durchs Haar. Sie lieben sich auf eine theatralische, spöttische Weise, die Cass wahnsinnig macht und in der doch ein Kern von Wahrheit steckt. Adas Weizenkeimliebe. Sie hat es nicht gut vertragen, als Lilianne im letzten Jahr den Jungen liebte, ihre großen Hände lagen wie tot zwischen den Beinen, während sie den beiden zusah, damals beim Fest.

»Du musst mir das Kleid bringen, ich näh es dir wieder zusammen, keiner wird etwas merken«, sagt Ada.

Ihre Liebe ist winzig, aber reich. Seit Tagen redet sie nur von dem Fest, sie hat Angst, dass es wieder passiert, dass ein anderer Junge mit Lilianne hinter der Bühne verschwindet und sie alleine zurückbleibt, alleine mit mir und Cass und Séraphine. Sie hat zugesehen, wie es angefangen hat, damals vor einem Jahr. Wir alle haben zugesehen. Lilianne, die schönste Frucht des Dorfes. Wie sie nach dem Fest auf die leere Bühne gegangen ist und sich gedreht hat in ihrem hellen, luftigen Kleid. Wie der Junge unten auf sie gewartet hat. Wie er sie angesehen hat ohne ein Wort.

Ich drehe mich um und gehe in die Hocke. Vorsichtig ziehe ich zwei Schneckenhäuser von der Mauer, sie sind nicht leer, das weiche graugelbe Fleisch dehnt sich aus und zieht sich zusammen, als ich es mit der Fingerspitze berühre. Die Schnecken sind schwer, wie Steine in meiner Hand. Ich setze sie ins Gras auf dem Hang hinter der Mauer, wo sie sich aneinander aufrichten, bis ihre Kriechfüße deckungsgleich übereinanderliegen und durch die Adhäsion der Sekrete miteinander verschmelzen. Noch immer habe ich den anderen nichts von Georg und mir erzählt, davon, dass ich bei ihm gewesen bin und er bei mir. Sie kennen seinen Namen nicht. Sie wissen nicht, von wem ich spreche, wenn ich sage:

»Er wird zurückkommen. Georg wird zurückkommen, und er wird weggehen mit mir.«

Die Schnecken berühren sich mit den Fühlern. Ihre Paarung ist von unendlicher Langsamkeit, ein Schnalzen und Schmatzen ohne erkennbares Ziel, weltvergessen, sich selbst ganz genug. Ich spüre, wie die anderen in meinem Rücken zusammenkommen. Der fremde Name hat sie aufgeschreckt, sie scharen sich um mich wie Hühner um die zur Fütterung ausgestreckte Hand, belagern mich, während die Schnecken voneinander ablassen und in ihren Häusern verschwinden. Ich kann nicht vor und nicht zurück. Die Neugier der anderen baut einen Zaun um mich herum. Die Mauer schneidet mir den Rückweg ab, hinter mir erhebt sich der Hang mit drohend vorgestreckter Brust, und die Sonne brennt hell in mein Gesicht. Ich werde mich freikaufen müssen. Cass' Zähne haben aufgehört zu mahlen. Adas Hand liegt reglos in Liliannes Haar. Séraphines Augen sind zwei flache, von einem leichten Dunst überzogene Teiche. Lilianne sieht mich mit einem undurchdringlichen Blick an. Sie kann wie ein dunkler Wald sein, Lilianne, unter ihrer Schönheit wuchert das Unterholz, und das Licht verfängt sich in den Stämmen. Als ich zu lügen beginne, lächelt sie mich an. Vielleicht versteht sie als Einzige, warum meine Stimme zittert und meine Wangen rot werden, vielleicht hat sie uns genauso über den Jungen belogen, mit dem sie in den Wiesen gewesen ist. Ich wende mich von ihr ab und schaue in eine unbestimmte Stelle des Himmels hinein. Meine Lüge ist ein holpriger Karren, der nur langsam in Fahrt kommt. Ich erzähle davon, wie Georg und ich in die Berge gegangen sind. Dass die Luft heiß gewesen ist, dass sie mich schwach gemacht hat, bis ich nicht mehr weiterkonnte. Ich sage: Er hätte mich zerquetschen können wie einen Käfer. Er hätte mich zwischen die Finger nehmen und zerquetschen können, aber er hat es nicht getan. Er hat mich aufgerichtet und an seinem Arm ins Dorf zurückgeführt. Da haben wir uns zum ersten Mal berührt. Ich habe seine Hände noch viel später unter meinen Armen gespürt, wie zwei Abdrücke, die nicht verschwinden wollen.

Die Stelle am Himmel dehnt sich unter meinem Blick. Ich erzähle davon, wie ich meinen Körper im dunklen Glas des Fensters betrachtet habe, wie er sich durch Georgs Berührung verändert hat. Wir kennen unsere Körper von den heißen Sommertagen, an denen wir in der Verdickung des Flusses baden.

Cass hat die Rippen einer ausgemergelten Hündin.

Ada ist ein von Fliegen umschwirrter Bär.

Séraphine ein weißes, haarloses Kalb.

Im dunklen Spiegel hat mein Körper ausgesehen wie Liliannes Körper.

Eine vollendete, ins Unbekannte aufgelöste Gleichung.

Lilianne lächelt mich an. Vielleicht ist sie nie mit dem Jungen zusammen gewesen. Vielleicht ist sie nicht anders als wir, nicht anders als ich. Ich sage: Georg hat mich mit auf sein Zimmer genommen.

Ich sage: Georg und ich sind zusammen gewesen.

Zum Beweis erzähle ich von dem großen, zerbrochenen Wagen auf seinem Bauch. Wie es sich angefühlt hat, mit den Fingern darüberzufahren, an den Rändern entlang, über die wunde, rissige Haut. Die anderen sehen mich an, wie sie Lilianne damals angesehen haben, als sie von sich und dem Jungen erzählt hat. Bewundernd. Aufschauend. Eingeschüchtert. Lilianne hat aufgehört zu lächeln. Aus der Ferne dringt das Geräusch des zurückkehrenden Zugs zu uns, wir drehen uns zum

Bahnhof um und warten, aber der Zug rauscht ungebremst an uns vorbei ins Tal.

Die Angst sagt:

Etwas ist geschehen.

Irgendetwas ist im Berg geschehen.

Ich sehe mich zu den anderen um.

Dieses Mal spüren sie es auch.

Diese Angst ist für uns gemeinsam.

Der Zug rauscht ins Tal, ein zweiter Zug fährt in den Berg und kehrt nach einer Weile zurück. Als unsere Väter aussteigen, sehen sie so aus, wie wir sie in unseren Träumen des frühen Morgens empfinden, wie wir sie immer empfunden haben, seit wir keine Kinder mehr sind: alte, graue, gebeugte Gespenster, schwach und gefährlich. Sie steigen einzeln aus, nacheinander, mit langsamen Schritten. Mein Vater, Séraphines Vater, der Vater von Cass. Adas Vater ist nicht dabei.

Georg ist nicht dabei.

Die Angst sagt:

Fürchte dich nicht.

Aber sieh genau hin.

Mein Vater hält einen Arm in der Hand. Er hält den Arm am Handgelenk, die Finger sind zu einer Klaue gekrümmt, der Arm steht steif nach unten ab. Der Arm ist von weißem Staub bedeckt, das Ende ist kupferbraun von getrocknetem Blut. Mein Vater hält den Arm wie einen Dreschflegel. Der Zeigefinger zeigt zum Himmel.

Ich muss genau hinsehen.

Es ist nicht Georgs Arm.

Ich glaube nicht, dass es Georgs Arm ist.

Die Männer gehen an uns vorbei zum Wirtshaus, ohne uns eines Blickes zu würdigen. An der Tür bleibt mein Vater kurz stehen, zögert, dann nimmt er den Arm mit hinein. Georgs Arm ist dünner und länger, die Finger feiner und schlanker. Die Tür fällt hinter meinem Vater ins Schloss, und wir sind wieder allein. Adas Schluchzen ist ein am Boden zertretener Vogel. Als wir langsam zum Zug gehen, nimmt Lilianne Adas Hand und legt sie in ihr Haar. Adas Finger krampfen sich in die dunklen Locken, Liliannes Kopf wird nach hinten gerissen, und sie muss stehen bleiben. Ihre Nackenmuskeln spannen sich; sie wirft den Oberkörper nach vorne, macht einen ersten Schritt wie ein Maultier, das einen schweren Wagen zieht. Adas Finger verkrampfen sich noch mehr. Sie stemmt die Beine in den Boden, aber Liliannes Haare sind stark, Lilianne ist stark, und Ada folgt ihr, bis sie mit uns vor dem Waggon steht. Wir sehen uns an. Keine traut sich hinein. Es liegt an Ada oder an mir, aber Ada wird Liliannes Haare nicht loslassen.

Die Angst sagt:

Geh hinein.

Du bist kein Kind mehr.

Lilianne nickt mir zu. Ich greife die Stange und ziehe mich hoch, im Waggon ist es noch heißer als draußen, und der Staub tanzt in den schräg einfallenden Sonnenstrahlen. Georg sitzt mit im Schoß gefalteten Händen auf der Bank und schaut durchs Fenster auf das brachliegende Feld hinter den Gleisen. Ich will etwas sagen, aber ich verschlucke mich an den Worten, verschlucke mich an dem Staub, der aus den Bergen kommt, huste, krächze, bleibe stumm.

Georg lächelt.

Hinter mir höre ich die Schritte der anderen. Sie bleiben in einem Halbkreis hinter mir stehen, schieben mich voran mit ihrer heißen, keuchenden Erwartung, drängen mich auf Georg zu, der unverändert dasitzt, als hätte er uns nicht bemerkt.

»Was ist passiert?«

Georgs Kopf ruckt herum, das Lächeln verschwindet, kehrt wieder, verschwindet.

»Ein Unglück. Ein schweres Unglück ist geschehen.«

Dort, wo das Lächeln war, sind feine Linien im Staub um Georgs Mund. Wenn er mit der Hand darüberwischt, werden sie verschwinden, er ist noch jung, seine Haut ist glatt, die Haut eines Kindes.

»Geht es dir gut?«

»Ich bin in Ordnung.«

Zwischen Georgs ausgebreiteten Armen spannt sich das Feld, eine braune, von Steinen übersäte Fläche, mit der selbst wir nichts anfangen können, ein Unort kleiner Tiere und geduckter Pflanzen. Georg lässt die Arme sinken. Sein Blick gleitet über die anderen, über Cass, Séraphine, Ada und Lilianne und zuletzt auch über mich.

»Ich habe deinen Namen nicht verstanden.«

Ich gehe hin und flüstere ihn in sein Ohr. Georg nickt und wendet sich ab. Auf dem Feld ist nie etwas gewesen. Seit ich denken kann, liegt es ungenutzt hinter den Gleisen und lässt die Jahreszeiten über sich ergehen, den Wechsel von Hitze und Kälte, der die Felsen aufbricht und die Gleise verbiegt, die Stürme am Ende des Sommers und die trügerische Milde im Mai. Als wir den Waggon verlassen, steht die Sonne tief über dem Feld. Ich verabschiede mich von den anderen, die sich langsam über den Platz zerstreuen, und gehe zur Mauer zurück, setze mich hin und lasse die Beine baumeln, während ich den in blutrotes Licht getauchten Waggon beobachte, in dem Georg entgegen aller Wahrscheinlichkeit aus den Bergen zurückgekehrt ist.

Am nächsten Tag erheben wir uns gegen unsere Väter.

Lilianne holt Decken vom Dachboden ihrer Eltern.

Ada kocht eine Suppe aus Hühnern und Lauch.

Cass stiehlt das Licht aus der Kammer ihrer Großmutter.

Séraphine fegt die Höhle mit einem Zweig aus.

Die Höhle liegt in einem kleinen Waldstück, das sanft über dem Dorf ansteigt. Wir haben früher dort gespielt, haben uns vor dem Regen versteckt und vor den Nachstellungen der Jungen, die uns aus dem Dorf gejagt haben. Die Höhle reicht einige Meter tief in den Fels hinein. Wir sind in die hintersten Winkel gerückt, eng umschlungen, die Arme um die Schultern, die Körper der anderen, zitternd, lauschend. Die Jungen haben gerufen, aber sie haben uns nicht gefunden. Wir haben gewartet, bis sich ihre Stimmen entfernt hatten, dann sind wir aus der Höhle gekrochen, enttäuscht und erleichtert.

Nun wird Georg dort leben.

Wir haben ihn am Morgen nach dem Unglück auf dem Feld hinter den Gleisen gefunden. Er war mit einem Mantel zugedeckt, seine Sachen lagen verstreut um ihn herum, seine Hände haben gezittert von der Kälte der Nacht. Sie haben ihn aus dem Wirtshaus geworfen, der Wirt ist der Bruder von Adas Vater. Adas Vater hat seinen Arm verloren. Er kann Ada nun nicht mehr gleichzeitig mit einer Hand an den Haaren packen und mit der anderen ins Gesicht schlagen. Ada erlangt dadurch einen Vorteil, den sie vorher nicht hatte, das Gleichgewicht verschiebt sich ein wenig zu ihren Gunsten, aber nur ganz leicht.

Ihr Vater wird die Entscheidung treffen müssen, ob er sie packen oder schlagen will. Wenn er sie packt, wird sie in relativer Sicherheit an seinem gesunden, ausgestreckten Arm stehen, wenn er sie schlägt, kann sie dem Schlag zu seiner rechten Seite hin ausweichen. Adas Vater liegt im Krankenhaus im Tal. Sie will ihn nicht besuchen, sie sagt, sie hat Angst davor, ihn ohne Arm zu sehen. Mein Vater hat den Arm nicht wieder aus dem Wirtshaus mitgenommen. Er ist spät an diesem Abend nach Hause gegangen, ich habe auf der Mauer gesessen und ihn beobachtet, er war betrunken, seine Schritte waren vorsichtig, er ist gegangen, als ginge er über Eis. Ich war vor ihm zu Hause. Habe mich hinter meiner Zimmertür versteckt und jedes Wort gehört, das er in der Küche zu meiner Mutter gesagt hat:

»Sie hätten an der Stelle niemals mit dieser Ladung sprengen dürfen. Sie haben gewusst, dass die Granitplatte den Sprengimpuls unberechenbar macht. Aber sie wollten Musiel beeindrucken, wollten ihm zeigen, was es noch alles zu holen gibt. Deshalb haben sie die Wand vollgestopft wie den Bauch eines Schweins. Dabei ist der Bruch so leer, so trocken wie du.«

Das Lachen meines Vaters hat meine Mutter in zwei Hälften geteilt, und er hat sie ins Schlafzimmer gestoßen, ohne sie vorher zusammenzufügen. Der Riss war am Morgen noch zu sehen. Ich habe versucht, etwas zu meiner Mutter zu sagen, aber die Teilung des Hirns macht ihr alle Worte gleich, und sie versteht dann nichts mehr, starrt nur auf den offenen Mund, aus dem die Worte kommen. Also bin ich hinausgegangen, zu den anderen, und wir haben Georg hinter den Gleisen gefunden.

Lilianne breitet die Decken auf dem Boden aus.

Ada füllt die Suppe in eine Schale.

Cass zündet die Lampe an und stellt sie auf einen Vorsprung am Rand der Höhle.

Séraphine streicht sich die Haare aus dem Gesicht.

Es war Liliannes Idee, Georg in die Höhle zu bringen. Sie hat es mir ins Ohr geflüstert, damit ich es sage, schließlich bin ich Georgs Geliebte und muss die Verantwortung für ihn übernehmen, für alle Angelegenheiten, die ihn betreffen. Ich fühle mich nicht wohl dabei, aber meine Lüge ist so unumkehrbar wie die leere Stelle am Ellenbogen von Adas Vater, eine Tatsache, mit der ich umgehen muss. Also nehme ich Georgs Hand und führe ihn durch den Wald hindurch zur Höhle.

»Du kannst hierbleiben, wenn du willst.«

Georg beugt sich vor und begutachtet die Höhle, dann kriecht er hinein und legt sich auf das Lager, das Lilianne ihm bereitet hat. Die Höhle ist breit genug, dass er sich im Eingang ganz ausstrecken kann. Ada reicht ihm seine Sachen hinein, die Tasche und den Mantel, den Georg ordentlich zusammenfaltet und neben sich ablegt.

»Ich brauche noch etwas Wasser.«

Also holen wir Wasser. Wir füllen die Krüge in Adas Küche, es ist niemand zu Hause, alle sind im Krankenhaus, die Krüge sind schwer, aber wir verschütten keinen Tropfen, auch wenn es länger dauert. Keiner fragt uns, wohin wir mit den Krügen wollen, warum wir an einem Samstag Wasser in Krügen durchs Dorf schleppen. Keiner fragt uns, aber alle sehen uns nach. Unter den Blicken werden die Krüge leichter, unsere Rücken strecken sich, und wir gehen aufrechter, stolzer als zuvor. Als wir an der Höhle ankommen, sind wir vollkommen außer uns. Wir stellen die Krüge ab und lachen aus tiefer Seele, kreischen, prusten, plappern durcheinander. Georg sieht uns still zu, bis wir uns beruhigt haben. Dann reichen wir ihm den ersten Krug hinein, und er trinkt in kleinen, vorsichtigen Schlucken, um nichts zu verschütten. In den hintersten Winkeln der Höhle wird das Wasser kühl und frisch bleiben. Wenn er genügsam ist, wird er lange damit auskommen, das Wetter ist angenehm, warm und trocken, nur nachts wird er sich mit den Decken vor der beginnenden Kälte schützen müssen. Georg nimmt den Löffel und beginnt die Suppe zu essen. Unter seinen Blicken wird alles ganz friedlich. Ada streicht Liliannes Haar glatt, Cass nimmt Séraphine an die Hand und geht mit ihr zwischen den Bäumen entlang, Lilianne mustert ihre Finger und erzählt Ada, was ihr Vater mit ihr tun wird, wenn er erfährt, dass sie sich mit einem Mann im Wald trifft. Liliannes Haar leuchtet wie dunkler Bernstein in der von den Zweigen aufgefächerten Sonne. Ich schließe die Augen und stelle mir vor, wie Georg seine langen Finger an Adas statt in Liliannes Haaren versenkt, wie er sich die dicken Strähnen um die Finger wickelt und Liliannes Kopf wie den Kopf eines Maultiers nach hinten reißt. Die feinen Hammerschläge der Spechte hallen durch den Wald. Cass und Séraphine kommen mit einem Strauß bunter Gräser zurück, den sie in einen Felsriss am Eingang der Höhle stecken. Georg spült die leere Schale mit etwas Wasser aus und stellt sie zum Trocknen auf den warmen Fels. Er scheint zufrieden zu sein, sein langer, endloser Körper sinkt langsam in die Decken, er stützt sich auf dem rechten Arm ab, während er Ada beobachtet, die Liliannes Haar zu einem dicken Zopf flechtet. Ich weiß nicht, was mit dem Arm ihres Vaters geschehen ist, vielleicht hat mein Vater ihn dem Wirt gegeben. Der Wirt wirft die Fleischreste aus der Küche am Abend in eine rostige Tonne auf dem Hinterhof. Wenn die Tonne voll ist, lässt er das Fleisch durch einen Fleischwolf und vermischt es mit der Spreu aus der Mühle am unteren Lauf des Baches. In zwei großen Eimern trägt er den dunklen, stinkenden Brei durchs Dorf, schüttet einen großen Schwall in jeden Zwinger, in jeden Stall, und die Tiere unseres Dorfes stoßen ihre Schnauzen und Schnäbel hinein, die Schweine, die Hühner, die Hunde, während der Wirt danebensteht und die Münzen, die er von den Besitzern für das Futter erhält, von der einen Hand in die andere klappern lässt.

Der Arm von Adas Vater versickert im Boden.

Der Arm von Adas Vater ist nicht unschuldig.

Er trägt die unzähligen Schläge gegen Ada in sich wie eine Vibration, eine Schwingung, die er an die Erde weitergibt, in der er vergraben wurde, an das Futter, zu dem er gemahlen wurde. Die Schuld schwingt, vibriert in der Erde, in den Bäuchen der Tiere. Sie bekommen Koliken davon, erbrechen das Futter in die Ecken der Zwinger, der Ställe. Adas Suppe ist aus dem Fleisch der Hühner gekocht. Georg hat die Schale ganz aufgegessen und zum Trocknen auf den warmen Fels gestellt. Sein Blick verrät noch nichts, kein Zittern in der Art, wie er uns betrachtet, kein Vibrieren der Hände, als er nach dem Krug greift und Wasser trinkt. Die Sonne verschwindet hinter den Bäumen. Ada löst den Zopf, den sie in Liliannes Haar geflochten hat, Lilianne dreht sich um und küsst Adas Wange, Cass nimmt die Schale vom Fels, Séraphine fegt den Fels mit einem Zweig ab. Es ist Abend geworden, und wir müssen zu unseren Vätern zurück, deren Wut zittrig und maßlos sein wird. Ich lasse die anderen vorgehen, bleibe ein wenig zurück, damit ich mich ungestört nach Georg umsehen kann, dessen dürre Gestalt kaum wahrnehmbar im dunklen Maul der Höhle liegt. Ich weiß nicht, was geschehen wird, wenn er hierbleibt, wenn er nicht geht, das Dorf nicht verlässt. Wenn die Wut unserer Väter an den Nähten aufreißt und die Tiere durch die Straßen ziehen, um mit weißen Augen zu fressen.

Am Morgen erwachen sie als graue, brütende Masse, nach einer Nacht, in der sie mit Georgs Händen gefühlt, mit seiner Zunge geleckt haben, oder was sonst sie sich vorstellen. Sie reiben sich über den wunden Hals, trinken die warme Milch, lassen sie im Mund herumgehen, bevor sie sie in kleinen Schlucken herunterzwingen, um unseren Geschmack aus ihrem Mund zu spülen. Die Milch rinnt die Kehle hinunter und nimmt die Bilder mit, die Träume, die Vorstellungen, die Verdauung der Nacht nimmt alle Aufmerksamkeit in Anspruch. Unsere Väter meiden unseren Anblick, und wir sind froh, dass wir bis zum Abend verschont bleiben. Ohne ein Wort gehen wir auseinander. Unsere Väter fahren in den Bruch, wir gehen in die Schule und danach in den Wald.

Jeden Tag sind wir jetzt dort.

Georg liegt in der Höhle und wartet auf uns. Er hält das Gesicht in die Sonne, die Schrammen und Blutergüsse aus dem Steinbruch sind verblasst, aber wie es unter seinem Hemd aussieht, kann ich nicht sagen. Ich habe ihn gefragt, er gibt mir kaum Antwort. Die anderen sitzen im Gras und blättern in den Aufgaben, die wir in der Schule bekommen haben. Wir sind nicht mehr so ausgelassen wie beim ersten Mal. Unaufhaltsam dreht sich die Welt dem Erntefest entgegen. Lilianne nimmt das Kleid aus der Tasche, das sie am Abend heimlich hineingetan hat, und breitet es auf dem Boden vor der Höhle aus. Georg fährt über den dicken Stoff, über die Ketten, die leise unter seinen Fingern klirren. Ada erzählt ihm, dass Lilianne einen

Schlitz hineinschneiden will, es klingt seltsam aus ihrem Mund, wie etwas Ausgedachtes, aber Georg scheint ihr zu glauben. Er lässt sich die Stelle zeigen, wo der Schnitt gemacht werden soll, dann nickt er und trinkt etwas Wasser. Lilianne legt das Kleid zusammen und packt es in die Tasche zurück. Der Nachmittag geht in den Abend über, und mit dem Abend werden wir unruhig. Die beiden Hälften einer Welt: Georg der Tag, unsere Väter die Nacht, dazwischen die lose Naht der Dämmerung. Wortlos gehen wir durch das Zwielicht nach Hause. Unsere Väter sitzen in der Küche und warten auf uns. Sie haben von Georg durch den Jungen erfahren, den Lilianne vor einem Jahr geliebt hat. Am dritten Tag ist er uns in den Wald gefolgt, wir haben ihn nicht bemerkt, er ist vorsichtig gewesen, und wir haben uns nicht gekümmert. Der Junge hat seinen Freunden von dem Skelett in der Höhle erzählt, die Freunde haben es ihren Müttern erzählt, und so ist das Wort zu unseren Vätern gelangt, die sofort alles gewusst, alles verstanden haben.

Musiel, ausgerechnet Musiel.

Der nur dank der groben Einteilung der Natur ein Mann ist, nur ein Mann ist, weil er keine Frau ist und auch sonst nichts.

Der uns erst die Arme nimmt und dann die Töchter.

An die Wahrheit trauen sie sich nicht heran, spüren sie nur entfernt wie eine leichte, aber zunehmende Reizung der Magenwand: dass Georg unsere Kreatur ist, dass wir Georg aus unserer Not heraus geschaffen haben, dass sie, die Väter selbst, der Anlass für Georg sind. Der Schmerz im Magen lässt sie zusammenfahren, und auch diesen schreiben sie Georg zu, vermerken ihn auf dem Zettel seiner Verfehlungen: der Arm, der Bruch, der Magen, die Töchter. Dazu ist der Tag da: um die Angst und die Scham der Nacht in eine klare, hochprozentige

Wut zu destillieren, in einen Schnaps, der die Kehle brennend hinunterrinnt, den Magen wärmt, den Kopf erst schwer macht und dann leicht, Tropfen für Tropfen.

Am Abend geht Liliannes Vater mit Lilianne in den Keller. Der Vater von Cass verrührt den Schlamm seines Mundes mit Leim.

Im Krankenhaus reißt sich Adas Vater den Verband vom Stumpf.

Séraphines Vater bleibt vor dem Zwinger im Hinterhof stehen.

Die Hündin steckt ihre Schnauze durch die Maschen und wedelt mit dem Schwanz, es ist eine alte, antrainierte Liebe, zu der es keine Alternative gibt, es ist diese Liebe oder nichts, diese oder der Tod. Minutenlang leckt die Hündin die Finger von Séraphines Vater. Er hat ihr ein Stück Fleisch mitgebracht, wie er es immer tut, wenn er von der Arbeit zurückkommt. Das Fleisch steckt in seiner Jackentasche und verströmt einen wilden, süßlichen Geruch, der die Hündin verrückt macht. Als er die Tür des Zwingers öffnet, springt sie an ihm hoch, und er streicht ihr über den Kopf; sagt ihr, dass sie sitzen soll. Ein alter, antrainierter Gehorsam, zu dem es keine Alternative gibt. Die Hündin setzt sich in die Mitte des Zwingers, ihr Schwanz fegt über den staubigen Boden, die Lefzen sind zurückgezogen und geben die Zähne frei, das hellrote Zahnfleisch, die Zunge in hechelnder Erwartung. Séraphines Vater nimmt das Fleisch aus seiner Tasche und wirft es ihr hin. Die Hündin fängt das Fleisch aus der Luft, ein raubtierhaftes Geschick in der Art, wie sie das Fleisch mit kurzen, schnellen Wendungen des Kopfes zwischen den Zähnen dreht und in kleinere Stücke reißt. Séraphines Vater beobachtet, wie die Hündin das Fleisch verschlingt. Er ist bei ihrer Geburt dabei gewesen, hat gesehen, wie sie als Letzte und Schwächste des Wurfes von Anfang an verloren war, hat gesagt, die will ich und sonst keine. Diese Liebe oder nichts, diese oder der Tod. Die Hündin schluckt das letzte Stück hinunter, und Séraphines Vater tritt ihr in die offenen Rippen, die mit einem leisen Geräusch brechen, tritt ihr auf die Schnauze, einmal, zweimal, bis sich die Zähne knirschend in den Kieferknochen bohren und das Blut aus der Zunge herausfließt. Mit einem Winseln rollt sich die Hündin zu seinen Füßen zusammen, und Séraphines Vater tritt noch einmal hart und ungezielt auf ihren Rücken, bevor er sich umdreht und den Zwinger verlässt. Er zieht seine Stiefel aus und wäscht sie unter dem Wasserhahn an der Seite des Hofes. Schwer atmend liegt die Hündin in der Mitte des Zwingers. Eine alte Liebe, die nicht standgehalten hat gegen die Wut unserer Väter, gegen ihre alles verzehrende Angst vor dem, was kommen wird.

Schweigend waschen unsere Väter ihre Hände, ihre Stiefel. Die Züchtigung bringt nur eine kurze Linderung, dann, nach den Nächten, nach den Träumen ist alles wieder wie zuvor, sie trinken die warme Milch, halten den Kopf gesenkt, gehen zur Arbeit. Seit Tagen haust Georg im Wald, in der Höhle, die auch sie noch aus ihrer Kindheit kennen, und hält sie zum Narren, indem er uns ungehorsam macht wie ausgewilderte Tiere. Das ganze Dorf weiß davon. Ein ständiges Tuscheln kreist in den Straßen, eine Empörung darüber, was im Wald geschieht und dass unsere Väter nichts unternehmen, so kurz vor dem Fest. Aber niemand spricht es offen aus, niemand geht zu unseren Vätern, niemand folgt uns, um zu verhindern, was auch immer wir tun.

Georg, der Stachel im Fleisch des Dorfes.

Alle wissen davon, und niemand weiß irgendetwas. Die Wut unserer Väter kommt und geht in immer kürzeren Abständen, schlägt an ihrem Scheitelpunkt über uns zusammen und reißt im Rücklauf den losen Grund mit sich fort, auf dem die Beziehungen des Dorfes gebaut sind. Die Erosion ist zunächst kaum merklich, nur ein leichtes Rieseln unter den Füßen, als ginge man auf Sand. Die Alten merken es als Erste: Irgendetwas stimmt mit unseren Böden nicht. Sie ziehen die Schuhe aus und untersuchen ihre Füße, um herauszufinden, woher das Kribbeln kommt. Doch da ist nichts, da ist kein Sand, nichts Fremdes außer dem Grind zwischen ihren Zehen. Die Alten sind besorgt, so kurz vor dem Fest. Mit Argwohn beobachten sie den Aufbau der Bühne, wie soll sie nur halten auf dem lockeren Boden, ohne Fundament, ohne Verankerung in den Tiefen des Berges, aus dem die noch Älteren die Steine für die Straßen und Häuser, für die Mauern des Dorfes geschlagen haben? Eine Spannung liegt auf dem Dorf, eine Spannung liegt auf den Seilen, die unsere Väter zur Sicherung der Bühne an den vier Eckbalken festzurren und mit dem Gestrebe dazwischen vertäuen. Wir sind aus dem Wald zurückgekehrt, sitzen auf der Mauer gegenüber der Bühne und sehen ihnen zu.

Liliannes Kopftuch leuchtet rot vor dem dunklen Gras des Hanges.

Die rechte Hand von Cass ist ein leimverschmierter, zu einer Faust verklebter Klumpen.

Ada hat den Oberkörper zur Seite gelehnt, um die Rippen zu entlasten.

Séraphine.

Séraphines Hund ist am Morgen gestorben.

Mein Vater sagt: Ihr braucht euch nicht zu wundern. Ihr habt die Ordnung auf den Kopf gestellt, also wundert euch nicht.

Die Augen meines Vaters sind klar, ein helles, klares Blau, aus dem er mich ruhig und bedächtig ansieht, wie er es nur ganz selten tut.

Er hat mich nicht angerührt.

Ich bin unversehrt, und der Schrecken darüber ist eine geringe Strafe im Vergleich zu dem, was den anderen zugefügt worden ist. Ich schäme mich, als sei es meine Schuld. Dabei bin nicht ich es, die das getan hat, ich habe nicht geschnitten, geklebt, geschlagen und getreten, habe keinen Hund getötet, keinen Leim, keine Schere verwendet. Ich habe nichts getan. Wir haben nichts getan. Wir haben Georg Essen, Wasser und Decken gebracht, sind bei ihm gewesen und wieder gegangen. Wir wundern uns nicht, und wir bereuen es nicht. Unser Stolz ist trotzig und wild und brennt heiß in unseren Wangen. Cass hebt ihre verstümmelte Hand wie zu einem kommunistischen Gruß. Die Haut ihrer Finger beginnt schon zu reißen, bald wird sie den Leim mitsamt der Haut in großen Fetzen abziehen können, und das Fleisch darunter wird wund und rosig sein wie ein frisch geborenes Ferkel.

Mein Vater sagt: Die Ordnung ist ein zähes Biest. Dass ausgerechnet du sie zerstörst.

Er schüttelt den Kopf, lächelt, wischt sich über den Mund. Sie haben die Bühne fertig gebaut, haben gegessen und getrunken. Dann sind die Väter der anderen gekommen und haben ihre Töchter von der Mauer gerissen und am Arm nach Hause geschleppt. Sie haben sich mit hocherhobenem Kopf abführen lassen, nur Ada hat Schwierigkeiten gehabt, sich aufrecht zu halten. Wir haben ihnen nachgeschaut, mein Vater und ich. Er lehnt neben mir an der Mauer, die Augen gegen die Sonne zu-sammengekniffen, die Hände tief in den Taschen der grauen Arbeitshose. Seine Haltung ist klar.

Er rührt mich nicht an.

»Lass uns nach Hause gehen.«

Wir nehmen einen Umweg, den ich schon als kleines Kind mit ihm gegangen bin, quer über das Feld hinter den Gleisen, vorbei an den schmalen, rückwärtig gelegenen Gärten des Dorfes. In den Gärten hängen die letzten Äpfel schwer von den Zweigen. Sie können bald geerntet werden, übermorgen, am Tag nach dem Fest, werden wir sie in die Körbe legen, dann geht der Sommer zu Ende. Meine Schulter berührt den Arm meines Vaters, und ich zucke zusammen.

Mein Vater sagt:

»Der Bruch ist leer, zu Ende. Es wird bald nichts mehr geben, was euch hier hält.«

Er legt seine Hand auf meine Schulter, und wir gehen lang-sam weiter, während die Dämmerung über uns hereinbricht. Am Horizont kriechen die Schatten mit schwarzen Fingern über die Berghänge, betasten die Grate und Kanten, tauchen in die Spalten und schieben sich höher, bis sie die Gipfel erreichen und für die Nacht auslöschen. An der Tür zu unserem Garten bleibe ich stehen. Mein Vater sieht sich zu mir um, das Gesicht meiner Mutter schwebt hinter ihm im erleuchteten Fenster der Küche, die Hunde bellen müde in den angrenzenden Gärten. Ich warte, bis mein Vater im Haus verschwunden ist, dann renne ich los. Als ich den Wald erreiche, ist es stockdunkel. Der Geruch des Bocks liegt schwach in der Luft. Georgs Geruch.

Die Angst sagt:

Er kann hier nicht bleiben.

Du kannst hier nicht bleiben.

Zwischen den Bäumen erahne ich den Weg, ein dunkelgraues, fast schwarzes Band, das in leichten Wellen bergan führt. Der weiche Waldboden verschluckt meine Schritte. Ich horche, aber die Vögel schlafen, der ganze Wald, es ist vollkommen still.

Georgs Geruch an allen Zweigen und Gräsern.

Er ist hier tagsüber entlanggegangen, ein Bewohner des Waldes wie die anderen auch. Ich kann nicht verstehen, warum er geblieben ist. Niemand hindert ihn daran, das Dorf und die Höhle zu verlassen, ich habe ihn angefleht, lass uns zusammen gehen, heute, morgen, jetzt sofort. Er hat immer nur gelächelt, hat den Kopf geschüttelt, hat gesagt, es ist gut hier, ich habe alles, was ich brauche.

»Aber du kannst hier nicht bleiben. Ich kann hier nicht bleiben.«

Georgs Lächeln, undurchdringlich und heiter.

Der Weg macht eine letzte Biegung, ich bin nun fast da. Zwischen den Bäumen sehe ich das Licht der Laterne, das die Höhle in einen flackernden Schein taucht.

Im Licht der Laterne öffnet Lilianne ihr rotes Kopftuch.

Im Licht der Laterne legt Lilianne Georgs Hände auf ihren kahlen, mit Schnitten übersäten Kopf.

Im Licht der Laterne streichelt Georg Liliannes Kopf, und sie lässt es geschehen, obwohl sie weiß, dass ich sein Mädchen bin, dass ich ihm gehöre, dass ich ihn brauche, unbedingt, um das Dorf zu verlassen.

Ich kann hier nicht bleiben.

Das Dorf atmet um mich herum, dehnt sich aus und zieht sich zusammen, presst die dünne Luft in alle Winkel und Fugen und saugt sie mit Gewalt wieder heraus, ein Keuchen, ein Schluchzen, das direkt aus meiner Brust kommt. In den Zwingern toben die Hunde. Auf dem Dorfplatz liegt die Bühne im Mondlicht. Morgen werden wir dorthinauf geführt und von den Männern, den Frauen, den Jungen des Dorfes angeschaut werden.

Unmöglich, das Kleid nicht anzuziehen.

Das Bein, die geschundene Kopfhaut nicht zu zeigen.

Nicht auf das Fest zu gehen.

Ich setze mich auf die Mauer und lasse die Beine baumeln. Die Schnecken kriechen zu mir, und ich zerdrücke sie in ihren Häusern, während die Angst mir zubrüllt, dass ich nicht bleiben kann, dass ich gehen muss, jetzt, sofort, für immer.

6

Georg nahm die Hände von Liliannes Kopf.

Er versuchte, seine Lust zu lindern, indem er den Blick von dem Mädchen abwendete und in die dunkle Tiefe der Höhle hineinstarrte, aber die Lust war da, blieb auch, als er die Augen schloss. Schweiß trat auf seine Stirn, die Poren öffneten sich, und die Haut, die gut gewesen war in den letzten Tagen, begann ihr leises Aufbegehren, fing so unmerklich an zu jucken, dass er es nur am äußersten Rand seiner Wahrnehmung bemerkte. Er öffnete die Augen und sah wieder hin. Das Mädchen, Lilianne, fuhr sich mit der Hand über den Kopf.

»Seine Hand hat so gezittert, dass er mich ständig geschnitten hat. Er hat mich angebrüllt, dass ich stillhalten soll, aber es lag nicht an mir, es war ganz allein seine Schuld.«

Er nickte und rückte ein Stück von Lilianne ab. Dabei stellte er sich vor, wie der Vater die langen Haare des Mädchens dicht über der Kopfhaut mit der Schere grob vorgeschnitten, die Stoppeln mit Rasierschaum eingeseift und die zarte, unberührte Kopfhaut darunter rasiert hatte. Er schloss die Augen wieder. Die Lust kroch gegen den Strich durch seinen Körper, durch seinen Unterbauch, durch sein Glied. Er versuchte, etwas zu sagen, und konnte es nicht.

»Er hat meine Haare in den Müll geworfen, aber ich habe

sie wieder herausgeholt. Ada will mir eine Perücke nähen. Sie weiß überhaupt nicht mehr, wohin mit ihren Händen.«

Ein tiefer, rasselnder Schauer durchlief Georgs Körper, bis in die Zehen und Fingerspitzen. Vorsichtig schob er einen Finger in den Mund des Mädchens. Lilianne ließ ihn gewähren. Der Mund war warm und feucht, eine von Schleimhäuten umsäumte Brutstätte. Sein Finger legte sich an das weiche Fleisch des Gaumens, und er spürte die Nähe des Zäpfchens, die in die Tiefe führenden Röhren dahinter. Stellte sich vor, noch weiter zu kriechen, um im Kehlkopf zu nisten.

Ein schwerelos summender Ort.

Georgs Finger glitt heraus, und er wischte ihn an der Decke ab.

»Ich werde es tragen müssen«, sagte Lilianne, während sie sich das Kopftuch umband, »niemals kann Ada mir bis morgen eine Perücke nähen.«

Georg sah ihr zu, wie sie aufstand und den Rock zwischen ihre Beine strich, wie sie ihm zuwinkte mit einer beiläufigen Drehung der Hand. Die Lust war da, blieb auch dann, als das Mädchen zwischen den Bäumen verschwunden war. Eine Störung des Friedens. Er ließ sich auf sein Lager zurücksinken. Zum ersten Mal, seit er aus den Bergen zurückgekehrt war, trat ihm eine körperliche Empfindung wieder derart ins Bewusstsein. Die nächtliche Kälte war dagegen leicht zu ertragen gewesen, der Hunger sowieso, er hatte beides kaum gespürt, hatte die Decken nur der Vorsicht wegen um seinen Körper geschlungen, die Suppen und das Brot der Mädchen nur aus Höflichkeit gegessen und weil es angenehm gewesen war, im sonnigen Höhleneingang zu liegen und auf einer harten Rinde kauend den Mädchen zuzusehen.

Dieser beinahe vollkommene Friede.

Die Ereignisse im Steinbruch eine ferne Erinnerung, ein wiederkehrender nächtlicher Traum. Er versuchte, sich an die Stelle zu denken, an der er gelegen hatte. In der Nähe der Wand, leicht rechts versetzt vor der ausgesprengten Wunde des Berges. Keine drei Meter von dem Arm, der unter dem Felsen liegen geblieben war. Er konnte den Arm von oben sehen, wie ein Vogel. Wenn er den Kopf drehte, sah er die Männer, die über ihn gebeugt standen, enger zusammenrückten und in albtraumhafter Langsamkeit über ihn herfielen. Sah den Fährmann, der sich zwischen sie warf, zwischen ihnen verschwand, wieder auftauchte, mit seinem Körper in den Händen. Er versuchte, sich in den Armen des Fährmanns zu erkennen, aber dort, wo er hätte sein müssen, trug der Fährmann ein Stück flirrende Luft. Georg sah, wie er die Luft ablegte und die Männer sich zerstreuten. An der Stelle, an der er gelegen hatte, zeichnete sich ein Umriss im Staub ab. Wenn er den Kopf drehte, sah er die drei Männer, die den Felsen anhoben, den Fährmann, der den Arm unter dem Felsen hervorzog. Dort, wo er selbst hätte sein müssen, flirrte die Luft und folgte den Männern zum Zug. Von oben, wie ein Vogel, sah er, wie der Steinbruch sich leerte. Die Männer stiegen in den Zug, der Fährmann mit dem Arm in der Hand.

Sich selbst sah er nicht.

Spürte sich nicht.

An die Stunden danach erinnerte er sich nur in unzugänglichen Bildern, die nichts in ihm auslösten und als monolithische Blöcke nutzlos in seinem Bewusstsein herumstanden:

Angst. Staub. Schmerz.

Zugfahrt. Kälte, Schlaf.

Erst als die Mädchen ihn am Morgen auf dem Feld gefunden hatten, war die Welt wieder klarer geworden. Aus verklebten Lidern hatte er in die aufgehende Sonne geblinzelt, staunend, dass er noch immer da war, noch lebte, noch atmete. Dann, auf dem Weg zur Höhle, setzte der Schock ein, und er spürte seinen Körper nicht mehr. Leicht, schwerelos, glitt er an der Hand des Mädchens, das bei ihm gewesen war, durch den Wald. Die Vorstellung, in einer Höhle zu leben, schien ihm vertraut. Er ließ sich auf dem Lager nieder, das die Mädchen ihm bereitet hatten, fragte nach Wasser, damit nicht auffiel, dass er keines brauchte. Die Mädchen brachten ihm Blumen und deckten ihn zu. Die schweren Decken hielten ihn am Boden. Georg dachte an den Fährmann. An den Moment, als dieser ihn unter den Männern hervorgezogen hatte. War es möglich, dass sein Körper noch dort oben lag? Dass sein Geist wie ein Schirm aus der Hülle gezogen worden war und sich über alle Grenzen hinweg aufgespannt hatte, um vom ersten Windstoß fortgetragen zu werden?

Die Höhle hielt ihn geborgen und warm. Am Morgen brachten die Mädchen neues Essen. Es schmeckte nicht schlecht, obwohl er keinen Hunger verspürte. Die, die für ihn gekocht hatte, nahm die leere Schüssel mit leuchtenden Augen entgegen und versprach, ihm am nächsten Tag noch mehr zu bringen. Er nickte nur, sprach kaum ein Wort. Ihm war nicht danach, sich mit den Mädchen zu unterhalten, Gespräche zu führen, Dankbarkeit zu zeigen. Trotzdem kamen sie jeden Tag, warfen die Schultaschen ins Gras vor der Höhle und ließen sich danebenfallen, eine im Schoß der anderen, die Augen blinzelnd gegen die Sonne, die zwischen den Bäumen aufblitzte. Den ganzen Nachmittag verbrachten sie bei ihm. Redeten, schwiegen, gingen spazieren und kamen mit irgendwelchen Dingen zurück, die sie im Wald gefunden hatten, Erdbeeren, Steine, eine halb tote Maus, die sie mit einem der Steine erschlugen, um ihr Leiden zu beenden. Nach und nach lernte er sie zu unterscheiden. Cass, die das Licht brachte, Séraphine, die ihn anglotzte, Ada, die ihm Essen kochte und die Finger in Liliannes Haaren hatte. Nur den Namen von der, die bei ihm gewesen war, konnte er sich nicht merken. Eine Art Ruf oder Bestätigung. Sie kam manchmal allein, nach Einbruch der Dunkelheit, stand plötzlich vor der Höhle, unruhig von einem Bein aufs andere tretend. Er bat sie dann, sich hinzusetzen, bot ihr Wasser aus einem der Krüge an, das sie in großen Schlucken herunterstürzte, als habe sie seit Tagen nichts getrunken. Sie fragte, wie es seiner Haut ginge, und er sagte, dass alles in Ordnung sei. Ihre Stimme war ein Murmeln, wie von einem im Dunkel vorüberfließenden Bach.

»Wir können gleich morgen früh gehen. Oder jetzt sofort, wenn du das willst. Du kannst hier nicht bleiben. Ich kann hier nicht bleiben.«

In den Augen des Mädchens war eine Verzweiflung, die er nicht verstand. Er bot ihr noch mehr Wasser an, aber sie wollte nicht, schlug seine Hand mit dem Krug weg, sodass das Wasser über die Decken spritzte, in denen er eingehüllt lag. Das Wasser zog in den Stoff ein und machte die Decken noch schwerer. Für einen Moment schien es ihm unmöglich, je wieder aufzustehen. Erst als die Decken am nächsten Morgen getrocknet waren, versuchte er es, und es ging besser, als er gedacht hatte. Den Vormittag verbrachte er im Wald, ziellos zwischen den

Bäumen und im Unterholz umherstreifend, das an manchen Stellen so dicht stand, dass er daran hängen blieb und mit Gewalt durchbrechen musste. Irgendwann legte er den Kopf in den Nacken und sah durch die Zweige nach oben. Am Stand der Sonne erkannte er, dass es Mittag war. Er kehrte zurück zur Höhle und wartete auf die Mädchen. Stunde um Stunde verging, ohne dass sich irgendetwas regte. Er überlegte, ob er den Mädchen entgegengehen sollte, wagte es aber nicht, aus Angst, sie zu verpassen. Erst als sie auch bei Einbruch der Dämmerung noch nicht da waren, machte er sich auf zum Waldrand. Zwischen den letzten Bäumen blieb er stehen. Unter ihm lag das Dorf wie Spielzeug, hingeworfene Bauklötze, schwarze, mit spitzen Fingern aufgesetzte Dächer. Er erkannte den sandgelben Fleck des Dorfplatzes, die winzige Bühne, die dort aufgestellt worden war. Eine Ameise huschte über einen schmalen Weg aus dem Dorf heraus und kam auf ihn zu. Er konnte nicht erkennen, welche es war. Hinter einem Baum ging er in Deckung. Nach zehn Minuten betrat das Mädchen den Wald. Als er hinter dem Baum hervortrat, stürzte sie ihm weinend in die Arme. Das rote Kopftuch irritierte ihn. Er schob sie von sich, um ihr ins Gesicht zu sehen, das Licht war so schwach, dass er sich vorbeugen musste, dann nickte er und wandte sich um.

Schweigend war Lilianne ihm zur Höhle gefolgt.

Er tastete über die Decke, über die feuchte Stelle, wo er ihren Speichel abgewischt hatte. Die Lust grub ihre Fühler in sein Rückenmark, und er sprang auf, schüttelte sich, sank auf sein Lager zurück. Seine Nerven zitterten bis in die Fingerspitzen. Er versuchte, ruhig zu liegen, aber es gelang ihm nicht. Wenn er die Augen schloss, hörte er ein Raspeln, das Raspeln seiner

Hand, die über Liliannes Kopfhaut strich, über die verkrusteten Schnitte und die unregelmäßigen, stoppeligen Inseln, die ihr Vater in seiner Wut übersehen hatte. Mit einem Ruck stand er auf und verließ die Höhle. In der Dunkelheit waren die Geräusche des Waldes kaum voneinander zu unterscheiden. Von überallher knackte und knisterte es, im Laub raschelten Kreaturen unterschiedlicher Art und Größe, die einander im Schlaf umwanden und plötzlich erwachten, auseinanderstoben und in tödlicher Absicht wieder zusammenfanden, zur Seite wegkrochen, lauernd unter den Steinen verharrten. Er erkannte den Weg, den die Mädchen mit ihm gegangen waren. Mit einem Schritt trat er zwischen den Bäumen hervor. Das Dorf lag wie ein paar Stunden zuvor, schlafend jetzt, vom Mondlicht beschienen. In keinem der Häuser brannte noch Licht. Georg roch an der Luft. Hier musste Lilianne entlanggekommen sein, nachdem sie ihn verlassen hatte. Eine leicht malzige Süße, wie von Karamell oder einem frisch aufgeschnittenen dunklen Brot. Er ging weiter, die Nase in der Luft. Als er das erste Haus erreichte, blieb er stehen. Roch an den Ritzen der Fensterläden, witterte am Holz der Tür, am Metall der Klinke, ging in die Knie und schnüffelte am Schlüsselloch. Am nächsten Haus bellte ein Hund im Zwinger, und Georg sah ihm in die Augen, bis er still war. Er wickelte die Kette vom Schloss des Zwingers und öffnete die Tür. Der Hund zögerte, ehe er mit auf den Boden gepresstem Schwanz herauskam und weglief, die Straße hinunter. Georg roch am nächsten Haus, am übernächsten. Der Kalkstein begann an manchen Stellen schon zu bröckeln, und er hebelte mit bloßen Fingern einige Stücke heraus und warf sie auf die Straße, wo sie nach einigen klackernden Sprüngen liegen blieben. Eine Wolke zog vor den Mond, und es wurde ganz dunkel. Nirgends ein Licht, trotz der Geräusche, die er verursachte. Ohne Hast durchmaß er das Dorf von Osten nach Westen, von Norden nach Süden. In den Häusern schliefen die Männer, mit denen er im Steinbruch gewesen war, die Mädchen, die ihn versorgt hatten, die Mütter und Ehefrauen, die er nicht kannte. Er roch an jedem Haus, an jeder Tür. Kein Hauch von Lilianne. Als er den Dorfplatz ein zweites Mal überquerte, ging er zur Mauer und drehte die Steine um, wie er es schon nach seiner Ankunft getan hatte. Am nördlichen Ende der Mauer hielt er inne und setzte sich hin. Sein Oberkörper war ein unerträgliches Jucken, dem er nur mit zusammengebissenen Zähnen und in den Stein gekrallten Fingern widerstand. Vor ihm lag die Bühne in stiller, leerer Erwartung. Er versuchte, sich ein Bild von dem zu machen, was morgen dort geschehen würde, stellte sich vor, wie Lilianne die Bühne betreten und vor aller Augen ihr Kopftuch lösen würde, das Raunen, das durch die Menge ging, die Obszönität des nackten, freigelegten Schädels.

Am nördlichen Ende sitzend schloss er die Augen. Wieder zogen Wolken vor den Mond und verdunkelten den Platz und die Bühne, sodass er den Schatten am anderen Ende der Mauer nicht bemerkte, auch dann nicht, als er die Augen wieder öffnete. Das Bellen des freigelassenen Hundes drang aus weiter Entfernung kaum hörbar an sein Ohr, ansonsten lag das Dorf wie verlassen, die Häuser vollkommen still in der Dunkelheit.

7

Wir schlafen, unsere Väter schlafen und unsere Mütter, die Männer, die Frauen, die Kinder, aber unser Schlaf ist unruhig, durchzogen von zähen, sehnigen Träumen, die immer wiederkehren und am Morgen unverdaut im Magen liegen. Flechsenträume. Wir glauben, einen Hund gehört zu haben. In allen Träumen war ein Hund, der das Fleisch zerreißt und von fern her bellt. Die Kinder haben im Schlaf geweint, ohne davon aufzuwachen. Etwas, jemand, ist ganz nah an ihnen vorbeigegangen, beinahe durch sie hindurch. Unsere Mütter spüren ein Ziehen im Unterleib. Unsere Väter trinken die warme Milch und halten den Kopf gesenkt. Als wir vor die Häuser treten, fährt uns der Schreck in die Glieder.

Etwas, jemand, ist hier gewesen.

Die Steine liegen verkehrt herum auf der Mauer.

Die Wände bröckeln.

Ein Hund fehlt.

Wir schauen uns an, ohne etwas zu sagen. Die Träume der letzten Nacht verlaufen als dunkle, harte Sehnen von Norden nach Süden durch unsere Körper, im Osten erhebt sich die Sonne über dem Hang und der Mauer, im Westen huschen die Eidechsen über das brachliegende Feld. Es ist noch so viel zu tun. Keine Zeit, die Wände auszubessern, die Steine umzudrehen, den Hund zu suchen. Die Bühne muss mit Blumen geschmückt werden, es ist unsere Aufgabe, und wir gehen in die Wiesen und pflücken die Blumen, flechten sie zu Girlanden, die wir in langen Spiralen um das Geländer der Bühne legen und mit Draht befestigen, damit der Wind sie nicht fortreißt. Wir arbeiten langsam. Wir dürfen uns nicht verletzen, unsere Hände müssen makellos sein, wenn wir in ein paar Stunden die Bühne betreten. Mit Sorge betrachten wir unsere Fingerkuppen, die der aus den Blumenstängeln laufende Saft leicht grün gefärbt hat. Wir versuchen, die Finger an unseren Röcken sauber zu wischen, aber der Saft ist zu tief eingedrungen, wir werden die Hände in Seifenlauge einweichen und die Farbe mit einer Bürste herausscheuern müssen, später, wenn wir uns für sie waschen.

Bei dem Gedanken spannt sich die Sehne in unseren Körpern, ein Ziehen im Unterleib wie bei unseren Müttern, die den Löffel in den Topf fallen lassen und ihr Gesicht in den heißen Dampf halten. Etwas, jemand, ist ganz nah an ihnen vorbeigegangen, beinahe durch sie hindurch. Der Dampf kondensiert auf ihrer Haut, und es sieht aus, als würden sie schwitzen, dabei ist ihnen kalt, ein Hauch vom nahen Herbst, der aus den Bergen kommt. Unsere Mütter wischen sich übers Gesicht und fangen wieder an zu rühren. Unsere Väter stehen rauchend am Rand der Bühne. Sie haben die Fässer aus dem Keller des Wirtshauses auf den Festplatz geschleppt, jedes Fass eine Tonne, ein Menschenleben schwer, heute, aus irgendeinem Grund. Ihre Rücken schmerzen, der Fässer und der schlechten Nacht wegen, und sie dehnen sich gegen die Spannung in ihren Gliedern, die die ganze Haltung verzerrt und sie zu buckligen, asymmetrischen Greisen schrumpfen lässt, wenn sie sich nicht ständig über ihre eigentliche Größe hinausstrecken, auf die Zehenspitzen gehen und die Hände in einer funktionslosen Greifbewegung zum Himmel führen.

Von der Bühne aus schauen wir unseren Vätern zu. Affentanzvorbereitungen. An einem anderen Tag wäre uns nach Kichern zumute, an einem anderen Tag würden wir unsere Köpfe zusammenstecken und hinter vorgehaltener Hand über unsere Väter lachen, aber nicht heute. Heute ist jede für sich, allein.

Lilianne leckt sich den Blütensaft von den Fingern.

Ada wickelt den Draht auf die Spule.

Cass sammelt die überzähligen Blüten von der Bühne.

Séraphine trottet wie schlafend nach Hause.

Unmöglich, das Kleid nicht anzuziehen.

Nicht auf das Fest zu gehen.

Ich wasche mich und ziehe das Kleid an. Meine Haut leuchtet vom kalten Wasser, Kälte und Müdigkeit sind kristallklar, ich sehe jeden Stein in der Wand, jede Faser in dem grauen Stoff des Kleids, das vor mir auf dem Bett liegt. Ich habe die ganze Nacht nicht geschlafen. Habe auf der Mauer gesessen und beobachtet, wie Georg im Dorf umgeht, die Mauern einreißt, die Steine umdreht. Dreimal bin ich an der Grenze gewesen, ohne einen Fuß hinüberzusetzen. Ein unsichtbares Band im Boden. Eine Ader. Eine Sehne, die sich ums Dorf spannt. Von fern das Heulen eines Hunds, noch innerhalb der Grenze. Beim dritten Mal habe ich den Fuß vorgeschoben, bis meine Zehenspitzen das Band berührt haben. Aber ich kann nicht alleine gehen.

Ich bin ein Kind, das begleitet werden muss.

Als ich zur Mauer zurückgekommen bin, war Georg verschwunden. Ich bin zu der Stelle gegangen, an der er gesessen hat, das Gras am Hang hat noch nach ihm gerochen, er hat mich nicht bemerkt, als er an Lilianne gedacht hat. Ich kann ihm nichts vorwerfen. Liliannes Schönheit ist ein Spiel, das man spielen muss, eine Schachtel, in die man hineingreifen muss, weil man nicht aushält, es nicht zu tun. Georg kann nichts dafür. Es ist nicht seine Schuld, niemand ist schuld außer Lilianne. Sie weiß, was sie tut, und tut es trotzdem, vor meinen Augen. Ein leichter Ekel, als ich das feuchte Gras berühre, ein leichtes Ziehen im Unterleib. Ich sehe mich im Spiegel an. Das Kleid ist rau auf meiner Haut. Unmöglich, es nicht anzuziehen, nicht auf das Fest zu gehen. Das Dorf ohne Georg zu verlassen.

Meine Mutter wartet in der Küche auf mich. Ihre Scheitellinie ist brüchig von den zahllosen Spaltungen, ein schuppiger Grat, den sie immer wieder abtastet, wie um den Schaden zu prüfen. Als sie mich bemerkt, zieht sie die Finger zurück und mustert mich von oben bis unten. Das Zittern meiner Mutter ist kaum merklich. Während sie mir die Haare macht, versucht sie mir zu erklären, wie es ist. Dass man sich nackt fühlt, gerade wegen des Kleids, das nur zu diesem Anlass getragen wird. Dass alle nur sehen, was darunter ist, ein unklarer, unfertiger Körper, von dem man selbst noch nichts weiß.

»Mein Vater hat mich an diesem Tag nackt gesehen und meine Mutter, mein Großvater, meine Großmutter, meine Onkel und Tanten, unsere Nachbarn, der Wirt, der Bäcker, der Fleischer, die Väter meiner Freundinnen, die Jungen aus der Schule, die Hunde, die Maultiere. Ich habe ihre Blicke in mir behalten, bis heute. So wird man erwachsen hier, man ist nicht mehr dieselbe danach. Man hat kein Geheimnis mehr, und wer kein Geheimnis hat, gehört allen zugleich. Auch dein Vater hat mich an diesem Tag angesehen. Er ist eigentlich ein netter Junge gewesen, mit seinen blauen Augen, aber er hätte mich nicht so ansehen dürfen.«

Die Stimme meiner Mutter ist die Stimme eines herabstürzenden Vogels. Sie bürstet meine Haare aus und legt die Bürste beiseite. Ihre Finger zittern jetzt stärker, sodass sie alles fallen lässt, die Klammern, die Spangen, die Bänder. Als sie sie aufheben will, muss sie sich am Tisch festhalten, und ich sage zu ihr, dass sie hierbleiben soll, bitte sie, flehe sie an, bleib doch hier, bitte bleib hier, aber sie schüttelt nur den Kopf.

»Heute muss ich bei dir sein, heute unbedingt.«

Gemeinsam verlassen wir das Haus. Wir gehen auf Umwegen, meiden die Hauptstraße, damit das Dorf mich noch nicht sieht, in meinem Kleid, unter dem eine vollkommene Unordnung herrscht, und mit meinen Haaren, in denen die Spangen und Klammern viel zu locker sitzen, sodass die Strähnen herausrutschen, wenn ich den Kopf zu stark bewege. Ich gehe starr wie eine Puppe, die Augen geradeaus, die Arme eng an einen Körper gepresst, von dem ich selbst noch nichts weiß. Vom Dorfplatz dringt die Musik über die Häuser zu uns herüber, Trompeten, Hörner, ein hell schepperndes Becken. Die Hörner sind aus den Hörnern der Böcke geschnitzt, die nur zu diesem Zweck geschossen werden. Zwei blutende Löcher im Kopf, wo die Hörner mit dem Messer ausgelöst werden, die Ausschabung des Horns mit einem scharfen, langstieligen Löffel, das Auswaschen im fließenden Gewässer, ein Stück flussabwärts der Stelle, wo wir baden. Meine Mutter bleibt kurz stehen und geht dann weiter. Sie begleitet mich bis kurz vor die Bühne, dann weiß sie nicht, was sie tun soll, und ich schicke sie fort mit einem flüchtigen Kuss, der kaum ihre Wange berührt. Hinter der Bühne stehen die anderen in einem Kreis zusammen, keine sagt ein Wort, den ganzen Tag schon nicht, als gäbe es nichts zu sagen. Liliannes Schönheit, Adas zittrige Stärke, die schlammigen Zähne von Cass. Séraphines hängende Lider. Auf der Bühne hat die Musik aufgehört zu spielen. Der Bürgermeister ruft die Gaben auf, die Äpfel, die Birnen, die Rüben, den Kohl, die Kartoffeln, die Milch, das Fleisch, das Korn, den Schnaps. Es ist kein gutes Jahr gewesen, ein strenger Winter, im Frühjahr hat der Hagel die Knospen von den Bäumen gefegt, dann sind die Gewitter gekommen, Nacht für Nacht. Das Dorf ist sauber, aber die Ernte war schlecht. Mein Blick fällt auf Lilianne, obwohl ich versuche, ihren Anblick zu meiden, aber irgendetwas zieht mich immer wieder hin, ein Wunder, das man betrachten muss, weil man es sonst nicht aushält. Lilianne trägt das rote Kopftuch, ihr Kleid ist unversehrt, sie hat keinen Schlitz hineingeschnitten, um den Jungen ihr Bein zu zeigen. Sie lächelt mich an, und ich lasse den Blick sinken. Sie weiß nicht, dass ich von Georg und ihr weiß, so soll es auch bleiben. Als Einzige steht sie ganz still. Die Füße von uns anderen scharren über den Boden, unsere Hände fahren über den grauen Stoff der Kleider, unsere Finger streichen die Haare aus dem Gesicht. Vor der Bühne erhebt sich ein Murmeln über die geringe Größe des Steins, den mein Vater aus dem Steinbruch mitgebracht hat, dann ein Schweigen, als gäbe es nichts zu sagen. Ich versuche, meinen Körper zur Ordnung zu rufen. Füße, still! Hände, still! Finger, still! Still wie Lilianne. Als ich den Kopf hebe, trifft mich ein Sonnenstrahl im Gesicht, und die Welt lodert auf, vergeht in einer weiß glühenden Blindheit, in der allein die Silhouetten der anderen wie Brandschätze zurückbleiben, schwarze Umrisse, mit einer Hand durchgreifbar. Jemand fasst mich am Arm und zieht mich vorwärts, aufwärts.

Ein blindes Stolpern über die Stufen.

Das Holz der Bühne unter meinen Füßen.

Ein tiefes Schweigen, als gäbe es nichts zu sagen.

Georg kam mit großen Schritten den Hang hinunter.

Das Dorf stand mit dem Rücken zu ihm, Männer, Frauen, Junge und Alte, Kinder auf den Schultern ihrer Väter, Greise, auf Stöcke gestützt, eine schwarzgraue, dampfende Masse aus Samt und Filz, die Köpfe zur Bühne hin ausgerichtet. Auf der Mauer blieb er stehen. Niemand bemerkte ihn, niemand drehte sich zu ihm um. Er versuchte, den Fährmann in der Menge auszumachen, die anderen Männer, die mit ihm im Steinbruch gewesen waren, doch aus dieser ungeheuren Höhe waren alle gleich, waren alle gleich gering, ihrer ursprünglichen Größe und Bedeutung beraubt, sodass er sie kaum von den Frauen und Kindern, den Jungen, den Alten, den Greisen unterscheiden konnte. Ein leichter Wind ging über die Menge und bewegte die Köpfe in einer gleichmäßig streichenden Bewegung wie die Ähren eines Weizenfeldes. Auf der Bühne traten die Mädchen nacheinander vor, bis sie in einer Reihe standen. Sein Blick wanderte zwischen ihnen hin und her, von der, deren Namen er sich nicht merken konnte, zu Lilianne und wieder zurück und wieder zurück. Adas schmerzverzerrtes Gesicht. Die klumpige Faust von Cass. Séraphines Augen, zwei dunkle Löcher in der Welt. Er wollte den Blick abwenden und konnte es nicht. Liliannes Kopftuch, eine rote Warnung an die über dem Dorf kreisenden Vögel:

Bleibt fort.

Hier nicht.

Er legte den Kopf in den Nacken. Die Krähen flogen höher als sonst, in einem gegen die Uhr rotierenden Kreisel, aus dem sich plötzlich ein einzelnes Tier löste und herabstürzte, der Menge entgegen, die nun stärker im Wind zu schwanken schien. Ein Geräusch zerriss den Himmel, und die rotierenden Krähen schossen in alle Richtungen auseinander. Er breitete die Arme aus und suchte die Menge ab, glaubte, der Schrei käme von dem herabstürzenden Vogel.

Dann merkte er, dass er die Worte verstand.

Aus der Blindheit heraus ist die Welt eine lichtempfindliche, chemische Folie, auf der sich die Objekte nach und nach im Negativ abbilden, der schwarze Himmel, die weiß glühende Kastanie in der Mitte des Dorfplatzes, starre schwarze Gesichter, weiße Kleider und Anzüge wie auf einer Hochzeit, weiße Krähen, schwarze Häuser. Nichts bewegt sich, selbst die Krähen scheinen still am Himmel zu stehen. Ich reibe meine Augen, drücke die Fingerknöchel gegen die Augäpfel, bis es wehtut. Öffne die Augen wieder.

Irgendetwas ist anders.

Irgendetwas ist anders als im letzten Jahr, anders als bei meiner Mutter, anders als bei denen, die vor uns hier waren.

Auf der schwarzen Mauer steht ein weißes Kreuz.

Georg hat den Kopf in den Nacken gelegt und blickt in den blauen, mit Federwolken überzogenen Himmel. Langsam kehren die Farben zurück. Das Grau unserer Kleider, das Rot, das Blau, das Gelb der Blumen, die wir um die Bühne geflochten haben, die schwarzen Anzüge der Jungen. Ich schaue nach unten, dorthin, wo jeder steht, jeder Mensch, den ich je in meinem Leben gekannt habe. Für einen Moment setzt mein Herz aus, tritt ins Leere hinein, dann verstehe ich, was anders ist.

Sie können mich nicht ansehen.

Sie können uns nicht ansehen.

Unsere Mütter und Väter, unsere Großmütter und Großväter, unsere Onkel, Tanten und Nachbarn, der Wirt, der Bäcker, der Fleischer, die Väter unserer Freundinnen, die Jungen aus der Schule, die Hunde, die Maultiere. Sie haben die Köpfe gesenkt, ihre Blicke gehen in den Boden oder auf den Rücken des Vordermanns, kein Ton kommt über ihre Lippen, ein lang gezogenes Schweigen, eine heiße, flirrende Stille über dem Dorfplatz. Ich sehe mich zu den anderen um, die ebenso ungläubig sind wie ich. Der Pfarrer steht am Rand der Bühne und bewegt sich nicht. Aus seinem Messingtöpfchen läuft das Weihwasser in einem dünnen Rinnsal auf die Bühne, er bemerkt es nicht, die Tropfen fallen glitzernd herab, ein vorletzter, ein letzter. Eine Stimme erhebt sich über die Menge, ein Wort, geflüstert wie zur Probe.

Was.

Die Stimme ist schwach, die Stimme eines am Boden verhungernden Vogels. Die Frau räuspert sich, versucht es noch einmal.

Was.

Die Stimme, fester jetzt, als wäre noch Leben in ihr, tief im Inneren ein Reservat, aus dem die Stimme kommt wie etwas in langen Jahren Angestautes, die Stauwand durchbrechend, strömend, aus den Bergen heraus ins Tal.

Was.

Habt ihr.

Getan.

Die Stimme, ein schrilles Kreischen über dem Dorf.

Lilianne bindet ihr Kopftuch ab und lässt es zu Boden fallen. In der ersten Reihe hält sich Séraphines Vater die Ohren zu, das Gesicht schmerzverzerrt, der Mund weit geöffnet.

Was habt ihr ihnen angetan?

Die Frau schreit aus Leibeskräften. Ich suche das Gesicht meines Vaters in der ersten Reihe. Er ist der Einzige, der lächelt. Ich lächle zurück, aber er sieht mich nicht an. Sein Blick ist auf Lilianne gerichtet und auf die Welt dahinter. Cass hebt ihre verstümmelte Hand zu einem kommunistischen Gruß. Ada löst den Kragen ihres Kleids und lacht in die Menge hinein. Liliannes Kopf ist ein glänzender, mit Stoppeln bewehrter Helm.

Was habt ihr uns angetan?

Die Frau hört nicht auf zu schreien. Ich gehe zum Rand der Bühne und sehe dabei zu, wie die Menschen vor uns zurückweichen und auseinanderlaufen, in die Seitenstraßen fliehen und das Pflaster freigeben, auf dem sie gerade noch dicht gedrängt gestanden haben, helle Inseln in einem dunkel zurückflutenden Meer.

Ein Krampf löst sich in meiner Brust.

Wir gehören ihnen nicht.

Wir sind keine Kinder mehr.

Tränen laufen aus Séraphines Augen, über ihre Wangen, über ihr Kinn. Der Vater von Cass schlägt einen Jungen beiseite, die Hunde laufen in die Beine ihrer Herren, und die Herren stolpern darüber wie über hingeworfene Steine, rappeln sich auf, rennen weiter. Die Frau holt Luft und setzt von Neuem an. Ich kann sie jetzt sehen, das Gesicht der Frau ist ein Mund in der sich auflösenden Menge, das Gesicht meiner Mutter, nichts als ein Mund, eine Stimme, ein Schrei:

Was habt ihr mir angetan?

Die Frau hörte nicht auf zu schreien.

Ein Gesang beinahe, der sich von der Frau weg über den Dorfplatz ausbreitete und die Menge auseinandertrieb. Georg spürte es förmlich, selbst hier am äußersten Rand; wie der Schrei mit Wucht gegen ihn anbrandete und zitternd durch seinen Körper lief. Er drehte sich um. Der Schrei rollte den Hang empor, ein leichtes Zittern auch in den Köpfen der Gräser, erreichte die obere Kante und stürzte aufs Dorf zurück, wo er sich über die Amplitude des nächsten Schreis legte und diesen verdoppelte, verdreifachte, ins Unendliche vervielfachte. Auf dem Dorfplatz hielten sich die Menschen die Ohren zu. Er entdeckte den Prokuristen, die Arbeiter, unter denen er beinahe erstickt war, den Fährmann in der ersten Reihe, der Liliannes rotes Kopftuch in der Hand hielt und zu Boden warf. Er wich zurück, ein Stück den Hang hinauf, stolperte und blieb im Gras sitzen. Aus seiner erhöhten Position schienen ihm die Menschen nicht größer als das Sommervieh, das er von Weitem aus dem Zug gesehen hatte. Er erkannte die Fluchtmuster, das sternförmige Auseinanderstreben in leicht gekrümmten Linien, die Trauben, die sich bildeten, wenn einer stehen blieb oder hinfiel. Den sich erweiternden leeren Kreis um die Frau herum, die nicht aufhörte zu schreien.

Erkannte den Einarmigen, der den Strom der Flüchtenden von Norden her spaltete.

Georg hielt den Atem an. Mit zusammengebissenen Zähnen beobachtete er, wie der Einarmige sich mühevoll vorwärtskämpfte, ein beschwerliches, beinahe schmerzhaftes Trudeln, ein Vorwärtswerfen in die Wellen, die von der Bühne gegen ihn anrollten. Eine Gasse tat sich auf, und der Einarmige wühlte sich hindurch, vorbei an den Menschen, die sich glotzend wie Vieh nach ihm umdrehten. Seine Brust stieß gegen die mit Blumen geschmückte Bühne, seine Knie schlugen dumpf gegen das Holz, aber er ging einfach weiter, als wäre dort nichts, seine Finger kratzten über die Bretter, über die Schuhe seiner Tochter, die vor ihm zurückwich, wie alle es taten. Der Einarmige warf sich auf die Bühne und bekam, halb auf dem Bauch liegend, Adas Fußgelenk zu fassen. Sie versuchte, nach hinten auszuweichen, stolperte, verlor das Gleichgewicht und schlug auf der Bühne auf. Mit einem Seufzen wich das Bewusstsein aus ihr. Ein leiser, flatternder Laut, der zu den Vögeln über dem Dorf aufstieg, die, so schien es Georg, auf den reglosen Körper herabschauten, auf die grauen Wölbungen, die wirren Haare über dem Gesicht. Der Einarmige glitt von der Bühne und zog Ada am Fuß mit sich. Wieder machten die Menschen ihm Platz, öffneten eine Gasse, die noch breiter war als bei seiner Ankunft. Er ging seitlich; ruckte Ada Zentimeter um Zentimeter mit dem linken Arm vorwärts, während rechts der weiß bandagierte Stumpf auf und ab hüpfte und ihm ungefähr den Weg wies, nach Norden, woher er gekommen war.

Es dauerte lange.

Minuten, Stunden, dem Einarmigen war die Zeit abhandengekommen. Niemand half ihm, niemand war in der Lage dazu. Die Schreie rissen an seinem frisch vernähten Stumpf, und er hatte Angst, dass die Naht aufplatzen könnte, am Morgen hatte er sie beim Wechseln des Verbandes zum ersten Mal berührt, ein unter hoher Spannung tief ins Fleisch gezogenes Garn, schwarz, grobzackig, beinahe metallisch. Zentnerschwer hing seine Tochter an dem verbliebenen Arm. Die Achselhöhle begann zu jucken, und er versuchte, sich zu kratzen, nahm die

Bewegung im Kopf vorweg, merkte erst dann, dass es nicht ging. Dem Einarmigen lief der Schweiß über den Rücken. Er trug als Einziger keine Tracht, sondern eine blaue Arbeitsjacke, von der seine Frau den rechten Ärmel abgetrennt hatte, an allen Jacken und Hemden war dies nun nötig, wenn er die nutzlosen Ärmel nicht zusammenknoten wollte. Er hielt inne; dachte an die zahllosen Dinge, die er mit seinem rechten Arm getan hatte und jetzt nicht mehr tun konnte, an seine rechte Hand, mit der er die Maschinen bedient und den Hammer geführt hatte. Als ein neuer Schrei die Luft zerriss, raffte er sich auf und ging weiter. Hinter der nächsten Biegung lag sein Haus, in dem seine Tochter geboren war so wie er selbst, sein Vater, sein Großvater. Am Himmel rotierten die Vögel in einem enger werdenden Kreis. Der Einarmige spürte, wie ihn die Kräfte verließen. Vor der Schwelle seines Hauses blieb er stehen, eine aus den Steinen des Bruchs gemauerte Stufe, keine Handbreit hoch, aber unüberwindlich für seinen aus der Ordnung geratenen Körper. Er atmete tief ein und wieder aus, nahm alles zusammen, was ihm noch blieb. Mit einem Ruck wuchtete er seine Tochter über die Schwelle und zog sie ins Haus. Am Treppenabsatz ließ er sie liegen. Er setzte sich auf die Treppe, den einen Arm auf ein Knie gestützt, und wartete darauf, dass sie zu sich kommen würde. Er wusste nicht, was er dann mit ihr tun, was in aller Welt er zu ihr sagen sollte. In Gedanken fuhr er sich mit der rechten Hand über das Gesicht, wie früher, wenn sich die Erschöpfung eines langen Arbeitstages am Abend Bahn gebrochen hatte. Der Schweiß auf seiner Stirn war kalt gewesen, er erinnerte sich, es war erst ein paar Tage her.

Adas Vater schleppt Ada wie Vieh über den Platz.

Ich will ihr nach, aber Lilianne hält mich am Arm und schüttelt den Kopf.

»Lass sie. Sie wird zurechtkommen.«

Sie lässt meinen Arm los und sieht mir fest in die Augen. Ich weiß, dass sie recht hat. Ada ist stark, sie wird zurechtkommen, jetzt erst recht. Cass und Séraphine kommen dazu, und wir schauen gemeinsam, wie sich das Dorf vor unseren Augen auflöst. Die Menschen gehen langsamer jetzt, unsicher, wie in einem Traum. Als auch die letzten in den Straßen und Häusern verschwunden sind, nimmt Cass Séraphines Hand und führt sie von der Bühne herunter. Sie winkt uns zu, dann sind Lilianne und ich allein, der Dorfplatz ist leer, nur meine Mutter steht noch da und wimmert unregelmäßig wie ein erschöpfter Säugling. Liliannes Kopftuch liegt vor der Bühne. Ihre Haare werden nachwachsen, in ein paar Monaten werden sie wieder in einem dunklen, glänzenden Strom über ihre Schultern fließen, und ein Fremder, der von außen in unser Dorf kommt, wird nicht merken, dass es je anders war. Mein Blick wandert an ihr herab, über das Kleid zu den Füßen. Sie hat die Schuhe ausgezogen, ihre Haut ist braun vom Baden am Fluss, sogar zwischen den Zehen.

»Sie haben dein Bein nicht gesehen.«

Lilianne lacht. Sie hebt den Saum ihres Kleids bis über den Oberschenkel und zeigt ihr Bein dem Dorf, das nicht mehr da ist, streckt die Fußspitze durch und wirft das Bein in die Luft wie bei einem Cancan. An ihrem Oberschenkel, knapp unterhalb des Höschens, ist ein schwarzer Punkt, ein Leberfleck, ein Geheimnis, das unentdeckt geblieben ist.

»Ada wird froh sein.«

Lilianne nickt. Ada wird das Nachwachsen ihrer Haare mit Argusaugen überwachen, wird sie kämmen und pflegen und niemanden heranlassen, bis die alte Länge erreicht ist.

»Was machst du jetzt?«

Lilianne zuckt mit den Schultern.

»Ich weiß nicht, irgendwas.«

Sie nimmt ihre Schuhe und springt von der Bühne, tänzelt über den Dorfplatz nach Norden, der Schleifspur folgend, wo Adas Vater Ada hinter sich hergeschleppt hat. Dann bin ich mit meiner Mutter allein, nur Georg steht am Hang und sieht zu mir herunter, Er macht ein paar zögerliche Schritte auf mich zu, bevor er sich umdreht und auf allen vieren den Hang hinaufklettert, rutschend und schwankend, die Hände in den Boden gekrallt. Ich warte, bis er im Wald verschwunden ist, dann lege ich meine Hand über den Mund meiner Mutter, damit sie still ist und ich sie nach Hause bringen kann. Sie hält die Arme steif am Körper, die Finger noch weit gespreizt vom letzten Schrei, ihr Atem geht schnell und gepresst. Die Leere um uns herum ist riesig wegen der Abwesenheit aller Menschen.

Ein weißer, steinerner Kreis.

Als ich ihre Hand nehme, sträubt sie sich nicht, sondern umklammert meine Finger so fest, dass es wehtut.

Aber es macht mir nichts aus.

Ich bin jetzt kein Kind mehr.

Der Dorfplatz liegt verlassen da, die Schleifspur ist deutlich zu erkennen. Ich bete für Ada, aber Lilianne hat recht, Ada ist stark, sie wird zurechtkommen, anders als meine Mutter, die ohne meine Hilfe nicht zurückfinden wird. Meine Mutter ist schwach. Ich erkenne die beiden auseinanderklaffenden Hälften, die Spaltung des Schädels entlang des Mittelscheitels. Ich weiß nicht, ob sie dieses Mal geflickt werden kann. Die Wunde ist tief, eine alte Wunde, die wieder aufgegangen ist.

Wir gehen langsam, damit sie nicht stolpert.

Niemand sieht uns, alle sind in ihren Häusern, das Dorf ist still, nur die Füße meiner Mutter scharren Zentimeter für Zentimeter über den Sand. Die Krähen verschwinden vom Himmel. Die Steine liegen verkehrt herum auf der Mauer. Ich werde Georg später fragen, was das soll, aber zuerst muss ich mich um meine Mutter kümmern. Ich spüre, wie sie unruhiger wird, ihre Finger verkrampfen und lösen sich von meiner Hand in immer kürzeren Abständen. Sie muss von der Straße herunter. Wir gehen jetzt schneller. Vorbei an der Mauer, vorbei an dem leeren Zwinger, vorbei an Adas Haus, aus dem kein Laut dringt, durch die schmale Gasse hinter der Schule, über drei Stufen die Stiege hinauf, bis wir vor unserer Haustür stehen. Ich öffne die Tür einen Spalt und lausche, dann schiebe ich meine Mutter in den Flur und schließe die Tür hinter mir.

»Wir sind zu Hause, Mama.«

Mein Vater ist nicht da. An den Wänden hängen die Bilder der Väter und Großväter, der Mütter und Großmütter, der Onkel, der Tanten, der Hunde. Meine Mutter starrt sie an, ohne ein Wort. Als ich sie im Schlafzimmer aufs Bett lege, sträubt sie sich nicht. Ich ziehe ihr die Schuhe aus und decke sie zu, dann nehme ich die Salbe aus der Schublade ihres Nachttischs und verstreiche sie mit der Fingerspitze entlang des aufgeplatzten Scheitels vom Nacken bis zur Stirn. Vorsichtig lege ich mich neben sie und warte darauf, dass sie einschläft. Die Seite des Bettes, auf der ich liege, riecht nach meinem Vater. Ich schmiere mir etwas von der Salbe unter die Nase und schließe die Augen, lausche den unregelmäßigen Atemzügen meiner Mutter, die sich für uns leer geschrien hat, für Ada und Cass, für Lilianne und Séraphine, für mich, ihre einzige Tochter. Die Hand meiner Mutter ist warm, ein warmer Stein, der in der Sonne gelegen hat. Wenn sie ganz eingeschlafen ist, werde ich aufstehen und in meinem Zimmer eine Tasche mit den wenigen Dingen packen, die ich brauche, Wäsche, die Zahnbürste, ein Band für die Haare. Dann werde ich zu Georg gehen und ihn fragen, warum er die Steine umgedreht hat.

Er kann hier nicht bleiben.

Die Luft im Dorf ist nicht gut für seine Haut, und es gibt keinen Arzt, keinen Menschen, der ihn behandeln kann. Meine Müdigkeit ist kristallklar. In meinem Traum gehe ich hinter Georg durchs Dorf. Seine Nacktheit leuchtet in der blauen, eindeutigen Kälte, es ist ein Winter, in dem niemand friert, eine kristallklare, eindeutige Luft, das Atmen fällt mir leicht, ein kristallklarer, eindeutiger Traum:

Georg geht voran, und ich folge ihm, weil er den Weg kennt.

Aus den Häusern treten die Menschen heraus und schließen sich uns an, ein langer stiller Zug von Körpern, niemand spricht, niemand friert in der blauen Luft. Die Häuser bleiben zurück, das letzte Haus ist Liliannes Haus, dann sind wir aus dem Dorf heraus in den Feldern, den abfallenden Wiesen. An der Grenze bleiben wir stehen. Der Zug staut sich zu einer schweren Traube; niemand wagt es, das unsichtbare Band zu überschreiten, das seit Jahrhunderten in der Erde liegt. Auch Georg zögert einen Moment; spürt den Widerstand und tritt mit einem Schritt seiner langen, elfenbeinernen Glieder darüber hinweg, sodass die Menschen aufschreien und ich mit ihnen, ich mit ihm, es ist nur ein Schritt, dann sind wir darüber hinweg, und ich schaue mich nicht um, als ich Georgs Hand nehme und mit ihm das Dorf zum Tal hin verlasse.

8

Der Hund kam langsam auf die Beine und setzte sich in Bewegung.

Seit einer Nacht und einem Tag war er nun frei.

Niemand hatte ihn begrüßt, niemand hatte ihn in Empfang genommen. Aber weil er keine Erwartung an die Freiheit gehabt hatte, war er nicht enttäuscht, dass die Freiheit ihn nicht erkannte. Für die Freiheit war er einer von vielen. Sie begegnete ihm wie jedem anderen. Vom Zwinger aus war sie ein reines Negativ gewesen, eine bloße Verneinung: das, was nicht der Zwinger ist, was nicht der Herr ist und nicht die Frau des Herrn. Was nicht Knochen ist und nicht altes Fleisch. Durch die Drähte sah er die Straße, die gegenüberliegenden Häuser, einen Ausschnitt des Himmels. Der Ausschnitt hatte die Form eines Dreiecks. Die Freiheit war das, was kein Dreieck war.

In den ersten Stunden fiel jeder Geruch neu für ihn vom Himmel. Von den Bäumen regnete der Duft der Vögel, aus dem Boden stieg der Duft der Sporen, die bald zu Pilzen werden würden. Er grub seine Schnauze in die Erde, und die Erde war warm. Am Himmel stand der Mond in einer Form, die er nicht kannte. Der Hund schüttelte sich. In weiten Sätzen sprang er durch die Wiesen, schlug Haken um der Haken willen, blieb stehen, sprang wieder los. Wenn er ein Geräusch hörte, zuckten seine Ohren. Die Freiheit war elektrisch. Dem Hund standen die Haare zu Berge. Aus dem Wald stank das Wild in waagrechten Säulen. Er dachte an den Herrn und an die Frau des Herrn. Sie schlugen ihn, dann flitterten sie ihn, mit Knochen, altem Fleisch. Etwas packte den Hund, schüttelte ihn an der Nackenfalte, dass der Speichel seitlich aus den Lefzen flog. Er kroch in eine Senke am Waldrand, unter die Wurzel eines Baumes, der vom Wind abgeknickt schräg in den Wald hineinragte. Er versuchte sich auf die Seite zu drehen, aber die Freiheit drückte ihn zu Boden. Mit der Schnauze auf den Pfoten blieb er liegen, ein rasendes, lauschendes Herz.

Das war die erste Nacht.

Am Morgen wurde es leichter. Das Sonnenlicht fiel schräg in die Senke, so fiel das Licht auch, wenn er im Zwinger erwachte. Mühelos kroch er unter der Wurzel weg und aus der Senke heraus. Er war hungrig, durstig. In der Unfreiheit käme bald der Herr oder die Frau des Herrn, schlüge ihn, brächte ihm Futter. Knochen, altes Fleisch. Der Hund leckte über den Morgentau, der in Perlen auf den Gräsern saß. Die Freiheit war kalt und klar, ein Versprechen, eine Forderung auf der Zunge des Hundes. Du musst es selbst tun. Niemand tut es für dich. Der Hund stand vollkommen still. Es war nicht weit bis ins Dorf, ein Sprung über die Wiese, ein Sprung zurück in den Zwinger, dessen Tür ihm offen stand und so lange offen stehen würde, bis der Herr oder die Frau des Herrn ihn durch einen anderen ersetzte, durch einen, der so treu wäre, wie er es bis zur letzten Nacht gewesen war. Der Hund schüttelte sich, und die Tautropfen, die an seinem Fell haften geblieben waren, flogen in einem glitzernden Reigen davon. Mit erhobenem Kopf trat er in den Wald. Die Jagd war mühsam und dauerte den ganzen Tag. Er verschwendete den Vormittag damit, den Spuren des gesunden Wildes zu folgen, ohne auch nur einem Tier nahe zu kommen. Das Wild war geschickt, es kannte die Freiheit. Der Hunger des Hundes schwoll an, bis er die Ausmaße seines Magens, seines Körpers überstieg. Gegen Mittag war der Hunger größer als er selbst. Er wollte sich schon niederlegen, zurück unter die Wurzel, da roch er die Krankheit. Ein gelbes, plätscherndes Band zwischen den Büschen. Er ging hinterher. Im Schatten einer Lärche wand sich ein Tier von einer Art, die er nicht kannte. Der Hund zögerte kurz. Über ihm, in schwindelerregender Höhe, wölbte sich sein Hunger. Das Tier, das er nicht kannte, starrte ihn aus großen Augen an. Es kauerte zitternd am Baum, seine Brust hob und senkte sich unter röchelnden Atemzügen. Ein Sonnenstrahl fiel durch die Zweige auf das Tier, und die Freiheiten schoben sich übereinander und kamen zur Deckung.

Seine Freiheit, zu töten.

Die Freiheit des Tieres, getötet zu werden.

Das Fleisch schmeckte mild, ein wenig gelb von der Krankheit. Von fern, aus der Richtung des Dorfes, schrie eine Frau mit einer Stimme, die er nicht kannte. Der Hund legte den Kopf schief und lauschte. Nun, da er satt war, fand er Muße für die mittelbaren Dinge, für die Geräusche, die Düfte der zweiten und dritten Bedürfnisse, für Licht, Wärme, Ablenkung. Den Nachmittag verbrachte er dösend im Schatten der Lärche. Mit einem Ohr verfolgte er die Vernetzung des Waldes, die Arbeit der Insekten, die trommelnde Hast der Spechte. Ein Muskel zuckte in einer Bewegung, die er nicht kannte. Langsam kam er auf die Beine und setzte sich in Bewegung. Die

Sonne stand in einem flachen Winkel zwischen den Bäumen, groß und rund, der Erde nah. Bald würde die Dunkelheit über ihn fallen und die Welt zum Schlaf hin verengen. Der Hund machte sich auf die Jagd, obwohl sein Hunger noch gering war, eine bescheidene Hütte, ein Nest in der Beuge seines Magens. Das Wenige, was er am Morgen gelernt hatte, half ihm nicht. Vergeblich folgte er der Spur eines vierhufigen Tieres, die ihn tiefer in den Wald führte, am Dornengebüsch riss er sich einen Kratzer in die hintere Flanke, dann war es dunkel. In einem Haselgehölz verlor er die Spur. Der Geruch seines eigenen Blutes irritierte ihn, und er fing an, sich im Kreis zu drehen. Mit der Zunge versuchte er, die Wunde auszulecken, aber ein Stück fehlte, ein winziges Stück, das Äquivalent einer Sekunde, der Bruchteil einer Sekunde. Immer schneller rannte der Hund vor sich davon und hinter sich her.

Die Freiheit war ein Blutkreisel.

Er warf den Kopf nach hinten, aber die Beine blieben nicht stehen. Sein Atem ging hechelnd, die Pfoten trommelten auf dem Boden, die Partikel seines Blutes schwebten in der Luft, und er sog sie ein, weil es wichtig war, dass nichts von ihm verloren ging. Die Wunde tanzte vor seinem geschlossenen Auge. Wenn er sich nur erreichen könnte, nur für eine Sekunde, für den Bruchteil einer Sekunde.

Er wäre ein geschlossener Kreis.

Der Hund versuchte, aus sich herauszuspringen, und die Fliehkraft schleuderte ihn in einem flachen Bogen aus dem Gehölz. Auf der Lichtung hinter dem Gehölz lagen die beiden Körper geschichtet übereinander. Der Hund legte den Kopf auf den Boden und sah ihnen zu. Der obere Körper war größer als der untere. Der untere lag ganz still. Der obere bewegte sich leicht aus dem unteren heraus, in den unteren hinein. Der Hund dachte an den Herrn, an die Frau des Herrn. Der obere bäumte sich auf, der untere zog sich zusammen. Der Hund winselte, gegen seinen Willen. Der obere drehte den Kopf, lauschte, stieg vom unteren herab. Der untere blieb still liegen. Der Hund roch die unterschiedlichen Geschlechter. Er erinnerte sich an die Mädchen, die jeden Morgen und Abend an seinem Zwinger vorbeigegangen waren. Das Mädchen rollte sich auf die Seite und zog die Beine an. Der Mann setzte sich auf einen Baumstamm und betrachtete das Mädchen. In der Freiheit waren die Blicke erlaubt, jede Art von Blick. Der Mann stand auf und ging zu dem Mädchen. In den Ohren des Hundes vollzog sich die Tötung des Mädchens geräuschlos.

Es dauerte nicht lange.

Der Hund legte sich auf die Seite und scharrte mit der Pfote im Boden. Immer zahlreicher stiegen die Partikel des Sterbens in die Luft, vom Mädchen, das im Wald verloren ging. Er war müde, der Hunger eine schwarze Ruine in der Falte seines Magens. Endlich nahm der Mann die Hände vom Hals des Mädchens. Der Hund sprang auf, um ihm beim Fressen zuzusehen, schlich näher heran, flach auf den Boden gedrückt, so nah, bis er den Atem des Mannes hören konnte. Der Mann presste seinen Mund auf den Mund des Mädchens. Mit den Daumenspitzen berührte er ihre Schläfen, bevor er sich erhob und achtlos, als schliefe er schon, an dem Hund vorüberging. Der Hund sah vom Mann zu dem Mädchen, von dem Mädchen zum Mann. Er zog die Lefzen zurück und leckte sich winselnd über die Nase.

Der Mann hatte nicht gefressen.

Ein grundsätzlicher Defekt, ein Webfehler im Stoff der Natur:

ein Tod, der nicht dem Überleben dient.

9

Sie ergriffen ihn auf freier Strecke.

Vergebens rannte er über das Gleisbett davon, stolperte über eine Schwelle, fiel hin und blieb liegen. Die Gleise waren noch feucht von der Nacht und glänzten im Morgenlicht. Als er sich umdrehte, waren sie über ihm. Sein rechter Arm zuckte nach vorne und traf einen der Männer schwach an der Brust. Der Mann trat zur Seite, und ein anderer beugte sich zu ihm herunter. Im morgendlichen Zwielicht erkannte er nicht, gegen wie viele er kämpfte. Zwischen ihren Beinen suchte er den Fährmann und fand ihn ein wenig abseits neben den Gleisen stehend. Der Fährmann hielt die Arme verschränkt, sein Blick war ernst, unnachgiebig. Georg richtete sich halb auf und ließ die Arme frei schwingen, ohne etwas oder jemanden zu treffen. Die Männer ließen ihn eine Weile gewähren, dann rissen sie ihn hoch und drückten ihm die Arme auf den Rücken.

»Es tut mir leid wegen des Hundes«, sagte Georg.

»Was weißt du über den Hund?«

Einer der Männer kam ihm so nah, dass Georg seinen Atem roch. Er versuchte, ihm in die Augen zu sehen, aber der Mann packte ihn am Kragen und schüttelte ihn, zischte noch einmal:

»Was weißt du über den Hund?«

Alle Geräusche verstummten. Ein einzelner schwerer Stiefel

schliff über das Gleisbett, dann war es ganz still. Georg öffnete den Mund und schloss ihn wieder, schüttelte den Kopf. Der Mann streckte sich und schlug seine Stirn krachend gegen Georgs Kinn. Im Fallen griff Georg nach seinem Arm, aber er rutschte ab, und der Morgen, so unaufhaltsam er gerade noch aufgezogen war, verschwand bereits wieder in der Dunkelheit.

Er erwachte in einem Kellerraum des Gasthauses, in dem er zu Anfang gewohnt hatte. An einer Wand stand eine Pritsche, auf der er schlafen, in der Ecke gegenüber ein Eimer, in den er sich erleichtern konnte. Durch ein schmales, vergittertes Fenster zum Hof fiel von schräg oben ein grob gesiebtes Licht, das ihm schmerzhaft gegen den Kopf schlug. Nachdem die Männer gegangen waren, hatte er den Raum der Länge und Breite nach vermessen. Drei Mal drei Schritte. Die Pritsche war kurz, seine Beine standen bis zu den Knien über. Auf dem Rücken liegend sah er zum Fenster hinauf.

Was die Mädchen wohl machten?

Sie hatten ihn gepflegt und waren gut zu ihm gewesen. Hatten ihm ein Lager bereitet, als er obdachlos gewesen war, hatten ihm Wasser gebracht, obwohl er keines gebraucht hatte. In ihrer Obhut war die Welt ein stiller, heiterer Ort gewesen, ein beinahe vollkommener Friede. Er schüttelte den Gedanken ab und sah sich wieder in der Zelle um. Dicke Mauern, eine schwere, mit Eisen beschlagene Tür, als wäre der Keller für einen solchen Fall gebaut worden. Er zog seine Schuhe und Strümpfe aus, die Hose, das Hemd, alles, bis er ganz nackt war. Im Stangenlicht, das so früh am Morgen noch keine Wärme hatte, betrachtete er zitternd seine Haut. In der Obhut der

Mädchen war seine Haut ein stiller, friedvoller Ort gewesen. Die neuen Gräben waren erst in den letzten zwei Nächten aufgerissen, nachdem er Lilianne berührt hatte und nach den Schreien der Frau. Er fuhr mit den Händen darüber, geistesabwesend, obwohl es wehtat. Dachte an die vielfältigen Arten der Schuld, die er auf sich geladen hatte. Gekommen zu sein, geblieben zu sein, überhaupt zu sein. Er hatte gesehen, was die Väter mit ihren Töchtern gemacht hatten, hatte gesehen, wie Ada fortgeschleppt worden war. Er breitete die Arme aus und stieß mit den Fingerspitzen an die gegenüberliegenden Wände. Spürte die Enge der Zelle, die Enge seines Körpers. Spürte die Enge der Schuld.

»Du hast etwas sehr Schlimmes getan«, sagte der Fährmann.

»Ich weiß«, sagte Georg.

Der Fährmann betrat die Zelle, und Georg drehte sich ohne Scheu zu ihm um, ließ es zu, dass der Fährmann ihn von oben bis unten musterte.

»Tut das weh?«

Georg nickte.

»Komm mit mir«, sagte der Fährmann und trat in den dunklen, niedrigen Kellergang hinaus. Georg musste sich bücken, um ihm zu folgen. Der Gang war leicht abschüssig, unter seinen nackten Füßen spürte er die festgestampfte Erde, links und rechts gingen Türen ab, andere Gänge, eine Treppe, die nach oben führte. Er streckte die Arme aus und berührte die rauen Wände. Das Hemd des Fährmanns war ein heller, tanzender Fleck in der Dunkelheit. Von fern drang der Herzschlag des schlafenden Berges zu ihm, ein Rollen in den Gängen, wie von einer regelmäßig vor- und zurückstoßenden Maschine. Er vergaß, dass er nackt war, und die Kälte verschwand, als wäre sie nur eingebildet gewesen. Vor einer Tür blieb der Fährmann stehen. Er wartete, bis Georg herangekommen war, dann sah er ihn fragend an.

Georg nickte.

Der Fährmann öffnete die Tür und trat zur Seite. Die Leiche des Mädchens lag bis zum Hals mit einem Tuch bedeckt auf einem Tisch in der Mitte des Raumes. Über dem Mädchen hing eine Laterne. Unter dem Tisch standen zwei offene Wannen. Neben dem Mädchen stapelten sich Kisten mit Obstkonserven an einer Wand. Georg trat an den Tisch heran, verschränkte die Hände im Rücken wie ein Spaziergänger. Betrachtete das Mädchen, nickte. Die Stoppeln waren nachgewachsen. Als er sich umdrehte und ins Leere fiel, spürte er die Arme des Fährmanns, die ihn auffingen. Mühelos, als wöge er nichts, trug der Fährmann ihn in die Zelle zurück.

Der Fährmann schloss die Zelle ab, verließ das Gasthaus über den Hinterhof und ging auf Umwegen nach Hause, sodass er keinem Menschen begegnete, obwohl die meisten von ihnen auf den Straßen waren, unfähig, in den Häusern zu bleiben, außer sich, der freie Himmel eine Linderung, die Luft schon ein wenig kühl am Ende des Sommers. Im Garten hinter seinem Haus waren die Bäume abgeerntet. Das Haus lag still in der Sonne. Ein Schlafzimmer, das Zimmer seiner Tochter, die Küche. Oben, unter dem Dach, ein Raum, in dem er Geräte lagerte, Vorräte, nutzloses Zeug. Seine Frau lag im Bett, seine Tochter war nirgends zu sehen. In der Küche setzte er sich an den Tisch und sah durch das Fenster hinaus. Das Fenster ließ sich nicht öffnen. Wie zum Hohn war ein Hebel daran angebracht, der sich drehen ließ, ohne dass etwas geschah. Über die

Jahre hatte der Fährmann mehrmals vergeblich versucht, das Fenster aufzustemmen. Wenn er am Morgen die Stirn gegen das Glas legte, spürte er die Kühle der Nacht, dann später die Hitze des Tages. Die Küche war still wie ein Grab. Seit Jahren lebte er hier ohne Veränderung, nur dass er älter wurde. Wenn er nach der Arbeit nach Hause kam und gegessen hatte, gab es nichts zu tun, meistens saß er nur da und wartete. Sein Blick glitt dann über die Tür, durch die er jeden Morgen hinausging und abends zurückkam und die er beinahe ebenso hasste wie das Fenster. Der Fährmann stand auf und ging zum Spiegel, der an der Wand gegenüber dem Fenster hing. Wenn er schräg vor dem Spiegel stand, sah er sein Spiegelbild im Fenster, wie er im Spiegel das Fenster betrachtete, in dem er sich vor dem Spiegel stehend spiegelte. Der Fährmann legte den Kopf nach rechts, und sein Abbild tat es ihm nach, zwei in die Tiefen von Fenster und Spiegel hineinschießende Bahnen, die sich, so war er sicher, jenseits seiner Wahrnehmung im Raum krümmten und in einer Schleife zusammenfanden, bis er ohne Anfang und Ende war.

Mit einem Ruck riss er sich los und setzte sich an den Tisch, der mitten in der Küche stand. Er hatte, wie immer, wenn er von draußen kam, zunächst die Kleider ausgezogen und sich Gesicht und Hände gewaschen, damit er den Schmutz der Arbeit nicht überall hintrug. Das Wasser hatte im Becken für ihn bereitgestanden, kalt und klar und frisch, und er hatte sein Gesicht hineingetaucht und dann erst die Hände. Vorsichtig bewegte er die Finger. Die Gelenke schmerzten, wie seit Jahren schon. Er dachte an Musiels Körper, an die Verletzungen, die er davongetragen hatte. Nachdem der Berg explodiert war, hatte er ihn gefragt, ob er in Ordnung sei, und zwischen Musiels aufgespannten Armen hatte er maßstabsgetreu die Länge des Feldes hinter den Gleisen erkannt, auf dem er als Kind mit seinen Freunden gespielt hatte.

Der Mechanismus zeigte sich in den kleinsten Dingen.

Der Fährmann zog eine Schublade unter dem Küchentisch auf und nahm zwei Zahnräder heraus, die er vor Jahren aus dem Brecher genommen hatte, an dem er die meiste Zeit stand und Steine brach. Die Zahnräder übertrugen die Kraft der Antriebswelle mühelos auf die Walzen. Ohne sie war die Maschine nichts, ein totes Monster, harmlos und ungefährlich, ein dunkler Kadaver vor der weißen Wand des Berges. Der Fährmann ließ die Zahnräder zwischen Daumen und Zeigefinger ineinanderlaufen, mal in die eine, mal in die andere Richtung. Stellte sich den Anfang vor, den einen Menschen, der den ersten Stein aus dem Berg gebrochen hatte, um ein Haus damit zu errichten, eine Mauer, einen Stall. So hatte es begonnen, und so hatte es geendet, im gleichen Augenblick. Die Jahre hatten ihn dies gelehrt: das Ende in jedem Anfang zu erkennen, in jedem Aufblühen das Verwelken zu sehen, in jeder Geburt den Tod. Die Zeit dazwischen war eine Täuschung. Er selbst war nicht frei davon, glaubte manchmal, die Zeit verginge zu langsam oder zu schnell, dabei verging sie überhaupt nicht, sondern war einfach nur da, vom Anfang bis zum Ende. Das war das Wesen des Mechanismus, und er galt für alle Dinge, auch für Musiel.

Musiel war nicht in das Dorf gekommen.

Er war schon immer hier gewesen.

Der Fährmann stellte sich vor, wie er mit den Mädchen verkehrt hatte, mit Lilianne, mit seiner Tochter, wie er sich Wasser und Essen hatte bringen lassen, wie er sie in seinen Dienst gestellt und den Vätern entwöhnt hatte, von denen er selbst einer war. Er war nicht wütend. Im Mechanismus gab es keine Wut, nur Notwendigkeit. Die anderen konnten es nicht verstehen. Als sie Lilianne im Wald gefunden hatten, waren sie zu ihm gekommen und hatten Musiels Kopf gefordert, vorneweg der Vater des Mädchens, und es hatte ihn einige Mühe gekostet, den Mechanismus in eine Form zu übersetzen, die Liliannes Vater verstand. Deshalb hatte er die Worte einfach gewählt, wie bei einem Kind.

»Er muss sie tragen, bis er gesteht.«

Der Mechanismus war stark. Bis ins Kleinste hatte der Fährmann übersetzt, was er verlangte. Liliannes Vater hatte zugehört und verstanden. Sie hatten verabredet, wie es geschehen sollte, hatten es einmal geprobt, im Hof hinter dem Haus.

Der Fährmann betrachtete die Zahnräder in seiner linken Hand, ließ sie ein letztes Mal ineinandergleiten, bevor er sie in die Schublade zurücklegte. Als er aufstand, sah er sein Bild, gespiegelt im Fenster.

»Erzähl, warum du hier bist.«

»Warum ich hier bin? Jetzt, in diesem Moment?«

»Warum du in unser Dorf gekommen bist.«

»Ich wurde beauftragt, die wirtschaftliche Situation des Steinbruchs zu prüfen.«

»Wer hat dich beauftragt?«

»Mein Vorgesetzter, Herr Generaldirektor P.«

»Und wie ist die wirtschaftliche Situation des Steinbruchs?«

»Schlecht. Aussichtslos.«

»War es schwierig, das herauszufinden?«

»Nein. Es ist offensichtlich. Wir haben es schon lange vorher vermutet.«

»Wann warst du dir sicher?«

»Nachdem ich die Bücher gesehen hatte.«

»Am Tag nach deiner Ankunft.«

»Ja.«

»Aber du bist danach trotzdem geblieben.«

»Ja.«

»Warum bist du geblieben?«

»Ich sollte mir ein Bild machen, sollte mir alles ansehen, mich mit allem vertraut machen. Deshalb bin ich mit in den Steinbruch gefahren, obwohl die Zahlen eindeutig sind. Es war so vereinbart.«

»Spätestens nach dem, was im Steinbruch passiert ist, hättest du gehen müssen.«

»Ich weiß.«

»Bist du wegen der Mädchen geblieben?«

»Vielleicht.«

»Die Mädchen waren für dich da. Die Mädchen waren gut zu dir.«

»Ja.«

»War Lilianne auch für dich da? War sie auch gut zu dir?«

»Ich konnte mir ihren Namen merken. Den der anderen nicht.«

»War sie etwas Besonderes?«

»Ich weiß nicht. Sie hat mir Wasser gebracht, zusammen mit den anderen.«

»Sind die Mädchen oft zu dir gekommen?«

»Jeden Tag.«

»Was habt ihr gemacht, da in der Höhle?«

»Die Mädchen haben gesprochen, und ich habe zugehört. Wir haben die Zeit miteinander verbracht.«

»Hast du Lilianne angefasst?«

»Ich … nein.«

»Du hast sie nie berührt, kein einziges Mal, während ihr Zeit miteinander verbracht habt?«

»Ich … weiß es nicht mehr.«

»Wo bist du letzte Nacht gewesen?«

»Ich war auf dem Fest.«

»Nein. Danach. Was hast du danach gemacht?«

»Ich wusste nicht, was ich machen soll. Ich bin herumgelaufen.«

»Wo?«

»Ein Stück in die Berge hinein, dann zur Höhle. Ich habe meine Sachen geholt.«

»Du bist gestern im Wald gewesen?«

»Ja.«

»Wann?«

»Abends. Nachts.«

»Was hast du im Wald gemacht?«

»Ich habe meine Sachen geholt.«

»Sonst nichts?«

»Nein.«

»Hat dich jemand gesehen?«

»Nein, ich glaube nicht. Niemand war da.«

»Als wir dich geholt haben, hast du von einem Hund gesprochen.«

»Es tut mir leid mit dem Hund.«

»Was tut dir leid?«

»Ich hätte ihn nicht freilassen dürfen, das stand mir nicht zu.«

»Du sagst, du hast den Hund freigelassen. Aber das war vorher, nicht gestern Nacht.«

»Ich verstehe nicht.«

»Gestern Nacht. Hast du den Hund gestern Nacht gesehen?«

»Nein. Ich habe ihn nicht mehr gesehen, seit ich ihn aus dem Zwinger gelassen habe.«

»Hast du Lilianne getötet?«

»Nein.«

»Die Leute draußen glauben, dass du sie getötet hast. Sie sind sich sicher.«

»Und was glauben Sie?«

Der Fährmann zuckte mit den Schultern.

»Ich bin es nicht gewesen«, sagte Georg.

»Gut«, sagte der Fährmann.

Mein Vater kommt aus dem Wirtshaus, steigt auf die Bühne, schüttelt den Kopf. Ein Stöhnen geht durch die Menge, die den Platz bedeckt. Wir sind alle hier. Keiner ist nicht hier. Das kleinste Kind ist hier, die älteste Frau. Ada ist hier, Cass, Séraphine. Wir sind alle hier, seit dem Morgen.

Nur Lilianne ist nicht hier.

Mein Vater fährt sich über den Mund. Er sagt, dass Georg sagt, dass er es nicht getan hat. Er sagt, dass Georg sagt, dass er im Wald war. Er sagt, dass Georg sagt, dass er den Hund kennt, an dem wir jeden Morgen und Abend vorbeigehen. Séraphine, die die Hunde liebt, hat versucht, den Hund zu streicheln. Der Hund hat nach ihr geschnappt. Dem Hund ist nicht zu trauen.

Eine Stimme aus der Menge ruft.

Bringt ihn vor den Hund!

Die Menge schreit aus einem Mund.

Der Hund hat am Morgen Lilianne gefunden.

Mein Vater führt Georg auf die Bühne. Er trägt ein weißes Hemd, das ihm bis über die Oberschenkel reicht. Die Beine sind wie Stelzen. Dort, wo die Muskeln sein sollten, hat sich das Fleisch auf die Knochen zurückgezogen. Die Menge schreit vor Wut. Georg lässt den Kopf hängen. Mein Vater sagt etwas zu ihm, das wir nicht verstehen. Georg nickt, mein Vater nickt. Der Herr des Hunds führt den Hund an einer Leine auf die Bühne. Georg und der Hund starren sich an. Der Hund hat die Männer in den Wald zu Liliannes Leiche geführt, nach seiner Rückkehr in den Zwinger. Plötzlich ist er wieder da gewesen. Hat die Tür des Zwingers von innen mit den Zähnen zugezogen und sich neben den leeren Futternapf gelegt, die Schnauze zwischen den Pfoten, die Augen beinahe geschlossen. Ich habe ihn gesehen auf dem Weg zur Schule, Ada hat ihn gesehen, Cass, Séraphine.

Schon da ist Lilianne nicht bei uns gewesen.

Auf der Bühne löst der Herr des Hunds die Leine am Halsband. Zögernd geht der Hund auf Georg zu und riecht an seinen nackten Zehen. Die Menge ist eine gefüllte Lunge, eine gegerbte, zum Bersten gespannte Haut. Der Hund hebt den Kopf und sucht Georgs Blick. Seine Lefzen ziehen sich über die Zähne zurück, ein Grollen rollt aus seiner Kehle wie ein Steinschlag in dem Bruch, von dem wir leben. Die Menge atmet aus in einem einzigen Schrei. Georg weicht davor zurück, vor dem Schrei und vor dem Toben des Hundes, der plötzlich geifernd an ihm hochspringt. Mein Vater reißt den Hund am Halsband zurück. Der Herr des Hunds bringt die Leine am Halsband an und zieht den Hund von der Bühne. Aus der Menge kommt kein Wort. Wir haben die Augen auf Georgs Blöße gerichtet, auf seine brennende, zerfurchte Haut. In seinem Hemd klafft ein Riss von den Krallen des Hundes.

Es ist gerade Mittag geworden.

Mein Vater geht auf die Knie, streckt die Hand aus und zieht Liliannes Vater auf die Bühne, der sich rasiert und seinen besten Anzug angezogen hat, nachdem sie Lilianne am Morgen gefunden haben, der durch die Straßen spaziert ist, badend im Mitgefühl der anderen, eine Schmiere für die Haut, damit die Haut glatt bleibt, damit die falschen Tränen von der glatten, fetten Haut abperlen und nicht haften bleiben. Lilianne hat oft von ihrem Vater gesprochen. Wenn sie von ihrem Vater gesprochen hat, hat sie den Teufel gemeint. Wenn sie vom Teufel gesprochen hat, hat sie ihren Vater gemeint. Er hat hinter ihr gestanden, wenn sie im Keller mit dem Gesicht zur Wand sitzen musste. Hat das Wasser ausgeschüttet, das sie nicht trinken durfte. Hat ihr die Haare abrasiert, so kurz vor dem Fest.

»Genügt dir das?«, fragt mein Vater.

Er legt einen Arm um den Teufel, zeigt mit dem anderen auf Georg, dann auf den Hund, der neben der Bühne liegt.

Genügt dir die Anklage des Hundes.

Liliannes Vater geht ganz nahe an Georg heran, so nahe, dass sie die gleiche Luft atmen, ineinander atmen wie zwei beinahe Küssende.

»Bist du es gewesen?«

Georg schüttelt den Kopf.

Der Teufel legt den Kopf schief und fixiert Georg von unten, er ist kleiner als Georg, ein feiner, glänzender Herr in einem feinen, glänzenden Anzug, er hat die Knöpfe poliert und die dunkle Krawatte in einem schmalen Knoten gebunden, der in seinen Hals schneidet, ein fetter, glänzender Hals, die Haut ist ein wenig gereizt von der Klinge, mit der er sich rasiert hat, grobe, gerötete Poren wie von einer am Morgen gerupften Gans. Die Klinge liegt in einem mit blauem Samt ausgeschlagenen Kästchen auf der Ablage über dem Waschbecken. Liliannes Vater hat sie mit Alkohol gereinigt und an einem Tuch abgewischt, bevor er Lilianne damit geschoren hat. Ihr blanker Kopf hat nach dem Rasierwasser ihres Vaters gerochen. Ich schließe die Augen und zwinge den Gedanken weg, bevor ich wieder hinsehe. Der Teufel tritt einen Schritt von Georg zurück, wirft einen Blick auf meinen Vater und wendet sich der Menge zu, die ihn aus einem Auge anstarrt.

»Dann soll er sie tragen«, ruft der Teufel, »dann soll er mein armes Mädchen tragen, bis er es zugibt.«

Die Menge ist eine Embolie, ein verstopftes, platzendes Gefäß.

Mein Vater zieht den Teufel von Georg weg und klopft ihm auf die Schulter. Georgs Hände wandern zu der Zeichnung auf seinem Bauch, die jetzt nicht mehr aussieht wie ein großer, zerbrochener Wagen, sondern in einem verästelten Muster über alle Grenzen hinauswächst, die Beine hinunter, die Brust hinauf, über den Rücken.

Unter den Blicken der Menge beginnt Georg sich zu zerkratzen.

Die ersten Striche sind noch sanft, tastend, mehr mit den Fingerkuppen als mit den Nägeln ausgeführt. Eine Begehung des Bodens vor den eigentlichen Grabungen. Ich wende den Blick ab, weil ich weiß, was kommt. Ein Stöhnen geht durch die Menge, die noch immer den Platz bedeckt. Wir sind alle hier. Keiner ist nicht hier. Das kleinste Kind, die älteste Frau, Ada, Cass, Séraphine, mein Vater ist hier, der Teufel. Der Teufel wird hinter Georg hergehen, der den Leichnam seiner Tochter trägt, bis Georg tot ist oder gesteht.

Georgs Nägel wie Klingen über seiner Haut.

Die Stimme meines Vaters ein dunkles, über den Tag geworfenes Tuch.

»Ruht euch aus. Wir gehen morgen bei Sonnenaufgang.«

Wir gehen in kleinen Gruppen nach Hause, ohne Umweg, ohne ein überflüssiges Wort. Niemand muss uns sagen, was zu tun ist. Unsere Väter gehen in den Keller, um die Zelte zu packen, unsere Mütter gehen mit uns in die Küche, unsere Großmütter und Großväter suchen sich eine kleine, im Sitzen zu erledigende Aufgabe, entwirren die Zeltleinen, stopfen die Löcher in den Decken für die Nacht.

Die Kleinsten durchwühlen ihr Spielzeug auf der Suche nach dem einen, das sie mitnehmen dürfen. Es ist eine wichtige Entscheidung. Das Spielzeug wird ihr Talisman sein, das letzte Ding, an das sie sich klammern, und es ist wenig Platz in den Rucksäcken, gerade genug für das Essen, die Wäsche, das Wasser, den Schnaps. In einem Ring aus Puppen, Kreiseln und Bauklötzen, aus Figuren und Bällen, aus Autos und hölzernen Maschinen sitzen die Kleinsten und fühlen die Beschaffenheit eines jeden Gegenstands, prüfen Wirkkraft und Substanz, fassen hierhin und dorthin, bevor sie sich entscheiden.

In den Küchen backen wir mit unseren Müttern ein schnelles, festes Brot. Es lässt sich gut stapeln, die Laibe sind flach und rund, ein gutes, festes Essen für einen langen, harten Marsch. Mit Rasierklingen ritzen unsere Mütter ein Blütenmuster in den Teig, so wie sie es immer tun. Wenn die Krume im Ofen aufgeht, öffnet sich die Blüte, eine Idee des Frühlings, der noch so weit weg liegt, im nächsten Jahr, hinter dem Berg des Winters. Wir legen die Tücher aus, und unsere Mütter ziehen das Brot mit einem Schieber aus dem Ofen, legen es auf das Tuch, schlagen das Tuch um. Lage um Lage stapelt sich das Brot, wie Zeit, die dazukommt. In den Kellern breiten unsere Väter die Zeltplanen aus und fahren mit den Fingerspitzen an den Nähten entlang. Dort ist die empfindlichste Stelle. Dort reißt der Stoff am schnellsten, dort wird er fadenscheinig, dort setzt die Schwäche ein, das Alter, und macht das Zelt anfällig für den Wind und den Regen. Über einer Gasflamme kochen sie den Teer in einer Blechdose und tragen ihn mit einem Pinsel auf die Stellen auf, so wie sie es von ihren Vätern gelernt haben, die oben in der Stube sitzen und die Heringe reinigen, gerade schlagen und zusammenbinden. Keiner, der nichts tut, das kleinste Kind, die älteste Frau. Die Ruhe kommt später, wenn alles getan ist. In den Häusern stinkt es nach Teer und Brot. Die Zelte werden zusammengelegt und mit den Leinen verschnürt. Die Brote werden zum Auskühlen vor die Fenster gestellt. Die Kleinsten packen ihre Spielzeuge in die Seitentaschen der Rucksäcke, wo sie leicht zugänglich sind, morgen, bei Sonnenaufgang.

Die Nacht bricht herein, aber wir finden nur schwer in den Schlaf. Wir haben erledigt, was zu erledigen war, haben die Kleinsten ins Bett gebracht und uns selbst hingelegt, auf den Rücken, mit einem Blick, der an die Decke geht und dort, in den Rissen und Spalten des Kalks, nach der Ruhe sucht, die uns verordnet worden ist. Unsere Gedanken wandern zu Lilianne und prallen daran ab, es ist noch nicht die Zeit zu trauern, die Älteren wissen es am besten. Es braucht Zeit. Zeit, die dazukommt. Gestapelte Brote, die Decken sind geflickt, die Zelte liegen geschnürt am Fuß der Treppe. In den Käfigen schlafen die Tiere und ahnen nichts von der Selektion, die am Morgen stattfinden wird. Die Hühner, Ziegen und Schafe bleiben zurück. Die Hunde und Maultiere kommen mit. Am Morgen legen unsere Väter die Satteldecken über die Maultiere und beladen die Tiere. Die Hunde werden angeleint. Die Tiere, die zurückbleiben, werden gemolken und bekommen Futter für einen Tag. Unsere Mütter füllen einen Teil der Milch in blecherne Kannen, die sie um die Maultiere binden, den Rest schütten sie in die Beete hinter dem Haus. Rückstandslos versickert die Milch in der trockenen Erde. Wenn wir nicht zurückkehren, wird die Milch in den Eutern verklumpen. Die entzündeten Euter werden anschwellen und zu Boden sacken, eine Hitze im Stall vom pulsierenden Fieber und dem heiseren, ins Dunkel gestoßenen Atem.

Unsere Mütter verlassen den Stall, verschließen die Tür, ein erster Abschied im Morgengrauen. Hinter dem Hang im Osten lauert der Tag, die Sonne erhebt sich, die Schafe blöken in den Ställen, im Boden versauert die Milch. Es schnürt uns die Kehle zu von der schlecht gewordenen, verdorbenen Heimat. Liliannes Tod ist eine Bruchkante.

Die Vergangenheit ist ins Tal gerutscht, die Gegenwart ein messerscharfer Grat, auf dem niemand Halt findet, kein Hund, kein Mensch, kein Maultier.

Wir können hier nicht bleiben.

Aus den Häusern strömen die Menschen auf die Straße, sie haben ihre Tiere bei sich, die schweren Rucksäcke, die Kinder, die still an der Hand gehen oder auf den Rücken der Maultiere sitzen und ihre Spielzeuge fest umklammert halten. Niemand sieht sich um, niemand bleibt zurück. Ich beobachte meinen Vater, wie er das Dorf in erster Linie anführt. Er geht einen halben Schritt hinter dem Teufel, und es ist, als ob er ihn dorthin schiebt, wo er ihn haben will, durch die Straßen hindurch, an den Zwingern vorbei, zum Dorfplatz. Er geht, wie er immer geht, trägt, was er immer trägt, die grauen Hosen, die graue Jacke, die schwarzen Stiefel, die meine Mutter am Abend noch geputzt hat. Beim Frühstück habe ich nur einmal kurz hochgesehen. Seine Augen sind wieder klar gewesen, azurblaue Ozeane, trotz allem.

10

Georg hörte es kommen.

Das Ungeheuer des Dorfes, wie es durch die Straßen drückte, die Häuser leerte, das Pflaster verschlang, ein Gleichklang von Stiefeln, ein Hall in den Wänden, ein elektrisches Knistern, wo die Kleidung aneinanderrieb. Die Haut des Ungeheuers, fest und empfindlich. Mit den Flanken scheuerte es an den Mauern entlang, die Maultiere schrien, die Hunde zerrten an den Leinen.

Dann war es heraus.

Die Häuser blieben zurück, der Dorfplatz ein weiter, von der frühen Sonne nur schwach beschienener Kreis. Das Ungeheuer stockte. Begierig flackerte sein Blick über Georg hinweg, der vor der Bühne stand, in dem Anzug, in dem er ins Dorf gekommen war, das blutverschmierte, zerrissene Hemd ordentlich in der Hose, die Hosenbeine flatternd in der unruhigen Luft. Schwer atmend stand das Ungeheuer vor ihm und glotzte ihn an, leckte sich die Lippen, sog die Luft stoßweise durch das offene Maul. Der Mann, der ihn bewacht hatte, taumelte vorwärts und verschwand in seinen Fängen. Aus der ersten Reihe lösten sich der Fährmann und der Vater des Mädchens und gingen wortlos an ihm vorbei ins Gasthaus. Georg wusste nicht, was er tun sollte; hielt den Blick gesenkt und schob eine Hand durch den Riss im Hemd auf seinen Bauch, wo er sie auf den Krusten ruhen ließ, bis die Männer nach einigen Minuten wiederkamen. Der Fährmann stieß die Flügeltüren des Gasthauses auf. Der Vater des Mädchens trat mit dem Leichnam seiner Tochter auf den Armen heraus und trug ihn gemessenen Schrittes zur Bühne. Neben Georg blieb er stehen, halb ihm, halb dem Ungeheuer zugewandt. Seine Haut glänzte feucht, aber seine Augen waren trocken. Das Ungeheuer hielt den Atem an. Der Vater legte seine Tochter neben Georg auf der Bühne ab und trat zusammen mit dem Fährmann in die erste Reihe zurück. Das Mädchen war bis zum Hals in ein weißes Tuch gehüllt, nur ihr Kopf lag frei, ihr Gesicht, die Stirn, die Schläfen. Georg beugte sich vor und berührte Lilianne auf die gleiche Weise, wie er es im Leben getan hatte. Das Ungeheuer sprang nach vorne, die Hunde bellten, die Maultiere überdrehten die Köpfe und ließen ihren Urin ungehemmt in den Staub laufen. Liliannes Haut war eiskalt, die Augen geschlossen. Georgs Hände zuckten zurück. Er fragte sich, wie schwer sie war. Sie war ihm immer leicht vorgekommen, aber das mochte eine Täuschung gewesen sein, durch die Art, wie sie manchmal ohne erkennbaren Grund den Kopf in den Nacken gelegt und ihre Haare ausgeschüttelt hatte. Wie zur Probe schob er seinen rechten Arm unter ihren Nacken und seinen linken unter die Stelle, wo die Knie sein mussten. An den Kniegelenken spürte er die Totenstarre, die sich noch nicht vollständig gelöst hatte. Er zog die Arme zurück. Der Impuls, sich niederzulegen, sich fallen zu lassen, war überwältigend. In seinem Rücken stöhnte das Ungeheuer, wieder bellte ein Hund, aber es war ein anderer, nicht der, den er freigelassen hatte. Er stellte sich das Gebiss des Hundes vor, ein scharfes Aufblitzen im Sonnenlicht, kniff die Augen zusammen. Als er seine Arme erneut unter Liliannes Knie und Nacken schob, spannte er die Muskeln voll an; seine Zähne bissen hart aufeinander, und er ging in die Knie, streckte den Rücken so weit durch, wie er nur konnte, schloss die Augen, als er Druck auf die Oberschenkel gab und den Körper anhob. In der selbst geschaffenen Dunkelheit war er plötzlich allein. Der Dorfplatz war leer, das Gewicht auf seinen Armen abstrakt, die bloße Idee, die bloße Vorstellung eines Gewichts, unpersönlich, geometrisch, ein weißer, an den Kanten gerundeter Quader. Für einen Moment hing alles in der Schwebe. Er spürte keine Anstrengung. Das Gewicht auf seinen Armen war keine Last, sondern ergänzte ihn, balancierte ihn aus, sodass sein eigener Körper wie in einer mathematischen Formel aufgehoben wurde und verschwand. Es war ein schwindlig machendes, den Boden öffnendes Gefühl. Er riss die Augen auf. Sofort verschoben sich die Gewichte. Schwere, mit Blei oder dunklem Wasser gefüllte Kugeln begannen klackernd von einem Ende zum anderen durch Liliannes Körper zu rollen, sammelten sich in ihrem Kopf, der nach unten sackte, und liefen gegen die Neigung wieder zurück, durch die Beine in die Füße, immer schneller und schneller, bis er das Gleichgewicht verlor und rückwärtstaumelte, in den offenen Raum hinein. Er stolperte; hörte den Aufschrei des Ungeheuers und eine Stimme, die rief, *lasst ihn, lasst ihn*. Im Fallen versuchte er, Liliannes Kopf zu schützen. Es kam ihm absurd vor, aber notwendig. Als sie auf dem Boden aufprallten, schlugen die Hunde an. Ein grelles Gewitter tobte über den Platz, die Hunde würgten in den Leinen, keuchten, verstummten. Lilianne lag quer über seiner Brust, dem Himmel zugewandt. An ihrer linken Schulter vorbei konnte er die Wolken sehen und einen

Teil des Bahnhofsgebäudes, das obere Drittel der Uhr, den Minutenzeiger, der um eine Stelle vorsprang. Er schämte sich; seine Wangen brannten, und die weichen Teile zogen sich ins Innere zurück, wie sie es immer taten, aber es war eine andere Art von Scham, als er sie sonst kannte, nicht die Scham über seinen von der Natur entstellten Körper. Mühsam richtete er sich auf. Aus dem Ungeheuer kam ein lang gezogener Ton, wie er beim Einsaugen von Luft entsteht, und tatsächlich spürte er einen Sog im Nacken, spürte das Gebot, sich umzudrehen und dem Ungeheuer zu begegnen. Lilianne lag fest in seinen Armen. Er zog sie an sich, sein Blick fiel auf die Bahnhofsuhr, die er nun ganz sehen konnte. Eine frühe Morgenstunde. Die Sonne stand flach zwischen lockeren Wolken und blitzte immer wieder hervor, ein Wanderer, der am Dorf vorbeizieht oder das Dorf in weiten Bahnen umkreist. Georg fixierte die Uhr. Als der Minutenzeiger vorsprang, drehte er sich um. Unmerklich wich das Ungeheuer vor ihm zurück. In der ersten Reihe erkannte er den Fährmann und den Vater des Mädchens, den Geschäftsführer, den Prokuristen, der Einarmige trug ein blaues Hemd, dessen rechter Ärmel abgetrennt worden war, die Hunde zogen die Schwänze ein, unter den Maultieren war der Boden dunkel wie von Blut. Er suchte die Mädchen, fand sie aber nicht. Dennoch war er sicher, dass sie irgendwo dort waren, hinter den Männern und Vätern und auch noch hinter den Müttern, irgendwo am Rand neben den Maultieren, zwischen den Hunden. Georg hoffte, dass sie sahen, was er für eine von ihnen tat. Er schloss die Augen und stürzte mit einem Ruck vorwärts, spaltete die erste Reihe genau zwischen dem Fährmann und dem Vater des Mädchens. Liliannes Füße streiften an den Körpern entlang und blieben hängen, er hörte die Aufschreie, prallte selbst gegen etwas Weiches und Hartes, senkte den Kopf und rammte sich frei, die Hunde schnappten, die Maultiere grunzten, und er warf sich nach vorne, fliegend, fliehend, der Schwerkraft enthoben.

Dann waren sie heraus.

Taumelnd blieb er stehen und öffnete die Augen. Vor ihm, im Morgenlicht, lag die Straße, die in die Berge führte, menschenleer. Er blickte auf Lilianne herab, um zu sehen, ob sie Schaden genommen hatte, doch er fand nur die alten Schnitte und Kratzer, die ihr Vater ihr zugefügt hatte. Sein Atem ging schwer, aber die Luft war leicht. Das dünne Brot der Höhe. Er würde sich nun nicht mehr umdrehen. In seinem Rücken schloss sich die Gasse, durch die er gekommen war, bis das Ungeheuer wieder stand wie ein Block, eine Mauer, ein Marsch.

Und so zogen sie los.

Georg zitternd voran, das Mädchen auf den Armen, der Marsch ein dunkles, warmes Band, das ihm im Abstand einiger Meter über die Grenzen des Dorfes hinaus folgte. Die Hunde trotteten still an den Leinen. Die Maultiere setzten die Hufe in bedächtigem Schritt, und nur ihre Ohren zuckten wild und unkontrolliert von den Fliegen, die kamen und gingen, als wären es jedes Mal andere.

11

Wir sind den ganzen Tag gelaufen.

Kurze, gegen den Hang gesetzte Schritte, die Körper vorn-
übergebeugt, jeder Atemzug ein in den Berg gepresstes Stöhnen.
Vor mir geht die Frau im hellgrauen Kittel. Die Nähte unter den
Armen sind mit einem weißen Faden im Kreuzstich genäht, die
Frau schwitzt, der Schweiß fließt in dunklen Ringen aus den
Achseln, die Haare im Nacken sind gekräuselt und schwarz, die
Haut ist ledrig und braun. Die Frau hat die Haare mit einer
schmalen Metallklammer hochgesteckt, sodass ich den Nacken
sehen kann, die weiten Poren, aus denen der Schweiß läuft,
kleine, glitzernde Tropfen. Der Rücken der Frau macht einen
Buckel. Ich weiß, wer sie ist, aber es spielt keine Rolle. Sie ist der
Grund dafür, dass ich laufe und nicht stehen bleibe, weil sie läuft
und nicht stehen bleibt. Das ist alles. Wenn sie stehen bleibt,
bleibt die Welt stehen, und ich muss denken, was ich nicht denken will, fühlen, was ich nicht fühlen will. Der Rücken der Frau
ist ein unebenes, in eine linke und eine rechte Hälfte geteiltes
Gelände. Das linke Schulterblatt steht heraus, das rechte ist bis
auf die Lunge eingesunken. Dort, wo die Wirbelsäule verläuft,
hat sich die Naht des Kittels unter der ungleichen Spannung
der beiden Hälften gelöst. Bald wird der Kittel aufklaffen, und
die Haut unter dem Kittel wird weiß sein wie die Haut meiner

Mutter, so weiß wie die Haut aller Frauen, außer der Arbeitshaut an den Händen und Armen, am Nacken, am Hals.

Liliannes Haut, braun vom Baden am Fluss.

Meine Augen wandern zwischen den Landmarken auf dem Rücken der Frau hin und her. Zum hundertsten Mal zähle ich die Wirbel. So gehen wir, über Stunden.

Meine Mutter geht neben mir. Cass geht hinter mir, Ada geht neben Cass, Séraphine ist bei den Hunden am Ende des Marschs. Neben meiner Mutter geht Liliannes Mutter. Man hat ihr gesagt, sie soll in die erste Reihe zu ihrem Mann, aber sie hat sich geweigert, sie will nicht neben dem Teufel gehen. Meine Mutter hat sie eingehakt, um sie zu stützen, immer wieder geben ihre Beine nach, weil sie an ihre Tochter denkt. Wenn sie nicht weiterkann, geben die Frauen ihr Milch aus einer der Kannen, die an den Maultieren baumeln. Die eigene Milch, mit der sie Lilianne gestillt hat, ist nichts wert, weil Lilianne vor ihr gestorben ist. Sie hätte sie sparen sollen für etwas Besseres, für einen Jungen, für einen Hund, für etwas, das lebt. Liliannes Mutter erbricht die Milch in den Staub des Wegs. Die Frau im hellgrauen Kittel legt eine Hand auf ihre Schulter. Ada fasst sie unter den Achseln und zieht sie hoch. Ada ist stark, ihre Hände sind frei, sie hatten nichts mehr zu tun, seit Lilianne von ihrem Vater geschoren worden ist, und jetzt erst recht nichts mehr. Meine Mutter wischt Liliannes Mutter den Mund ab. Die Mutter von Cass nimmt ihr den Rucksack ab, sie muss nichts mehr tragen, sie schleppt genug mit sich herum, all die Jahre, von denen jedes ein Knoten im Körper ist, das ganze Gewicht dieses Lebens, das nichts kann, als zu vergehen, von Anfang an, mit jeder Sekunde, jeder Minute.

Diese Unmenge an Zeit.

Liliannes Mutter macht einen vorsichtigen Schritt. Der Weg ist steil, durch ein Wolkenfenster scheint die Sonne senkrecht herunter. Ich kneife die Augen zusammen gegen das weiße Licht, das von den Felsen zurückgeworfen wird, ab und zu geht ein Stein ab und rollt klackernd den Hang hinunter zum Fluss. Das Flussbett ist beinahe ausgetrocknet, zwei dunklere Streifen rechts und links, wo das Wasser normalerweise fließt.

Liliannes Haut, so braun vom Baden am Fluss.

An den heißesten Tagen haben wir im Wasser gelegen, regungslos, mit dem Bauch zur Sonne. Wir lagen sternförmig, die Köpfe eng zusammen. Unsere Ohren waren unter der Wasseroberfläche, sodass wir nichts gehört haben, höchstens ein Rauschen, das in uns selbst war, ein Meeresmuschelrauschen, beruhigend und verlässlich wie Ebbe und Flut. Wir hatten die Augen geschlossen. Die Sonne brannte auf uns herab, so wie jetzt, und uns war warm bis auf die Knochen, warm bis ins Mark. Falls die Vögel gesungen haben, haben wir sie nicht gehört.

Ich mache die Augen auf und zähle die Wirbel, vierundzwanzig vom Nacken bis zum Steiß. Meine Mutter versucht, meine Hand zu nehmen, aber ich schüttle sie ab. Meine Haut ist so dünn, dass sie platzen würde, wenn mich jemand anfasst, und was darunterliegt, darf niemand sehen, darf niemand wissen. Meine Mutter nimmt ihre Hand weg und legt sie auf den Unterarm von Liliannes Mutter, deren Füße über den Boden schleifen, die Steinchen knirschen unter den schwarzen, flachen Schuhen, die fast weiß sind vom Staub. Hinter mir hecheln die Hunde, trotten die Maultiere mit hängenden Köpfen.

Am Morgen ist es noch leichter gewesen.

Wie ein Mann sind wir gegangen, die Körper aufgelöst in einem gemeinsamen Rausch: hinter Georg her, bis er gesteht. Am Anfang, knapp hinter dem Dorf, war der Weg noch nicht so steil. Wir sind geflogen, ohne den Boden zu berühren, hinter Georg her, man hätte nicht sagen können, wie viele wir sind, von oben waren wir schwarz, ein schwarzer Fleck für die Vögel, ein fliehender Schatten über dem Hang. Dann kam die erste Kehre, die zweite, der Weg wurde schmaler, an einer Stelle mussten wir einzeln hintereinandergehen, da war es vorbei.

Ich bin ich und nicht die anderen.

Mein Körper ist zurückgeschnappt, aus meinen Poren läuft mein Schweiß und stinkt, wie nur ich stinke. Ich kann mich riechen, also ist es kein Traum, kein Albtraum, dass ich hier gehe, mit Ada und Cass, mit Séraphine bei den Hunden, neben meiner Mutter, hinter der Frau in dem hellgrauen Kittel.

Vierundzwanzig vom Nacken bis zum Steiß.

Die Frau ist Liliannes Hebamme gewesen. Sie hat Lilianne mit einer Zange aus dem Schoß ihrer Mutter gezogen, sie hat uns alle geholt. Hat uns auf die Welt gebracht und in die Arme unserer Väter gelegt, hat gesagt, da habt ihr sie, nun macht damit, was ihr wollt. Ihre Stimme war die erste, die wir im Leben gehört haben. Ich strecke die Hand aus und berühre ihren Nacken am zweiten Wirbel, der wie ein halb geborener Kopf herausragt.

Die Hebamme bleibt stehen.

Von vorne hallen die Schreie des Teufels von den Wänden, ein heiseres Gebrüll, ein Geifern, unverständlich wie von einem Tier. Ich dränge mich an der Hebamme vorbei und an allen, die vor ihr stehen. Ein Wald aus Stoff und Beinen. In der ersten Reihe stehen unsere Väter und versperren mir den Weg, ich schiebe sie auseinander, bis ich etwas sehen kann, den Weg, etwas breiter an dieser Stelle, den Fluss, ein Stück nach rechts versetzt, die Berge, versteckt in den Wolken.

Vor mir liegt Georg auf den Knien und reibt sein Gesicht in Liliannes Schoß. Er ist mit ihr gestürzt, seine Arme sind unter ihr gefangen, und er kriegt sie nicht heraus, er zieht und zerrt und drückt mit dem Kopf gegen ihren Unterleib, damit sie von ihm herunterrollt, seine Füße scharren ohne Halt über den Weg, am Hals treten die Adern hervor, und er stöhnt und schnauft wie ein Bock, der seine Hörner aus dem Fels zieht, nachdem er vergeblich versucht hat, sich an der Wand zu zerschmettern. Der Teufel steht über Georg und spuckt ihm ins Gesicht. Das feine Hemd ist ihm aus der feinen Hose gerutscht, er hat die Weste aufgeknöpft und die Krawatte gelöst, sein Hals ist wund vom Schweiß, der in den Poren brennt.

»Hast du mein Mädchen getötet?«

Georg schüttelt den Kopf. Er versucht aufzustehen, aber er kriegt seine Hände nicht los. Der Teufel spuckt und spuckt. Georg zieht und zerrt. Das Lächeln auf seinem Gesicht ist eine Funktion der äußeren Muskelgruppen, eine Maske, die sich mit einem Ruck herunterziehen lässt, um den glatten, geschälten Schädel freizulegen.

»Dir werd ich's zeigen zu lachen.«

Der Teufel tritt auf Georg ein, erst langsam, dann schneller. Hinter mir schlagen die Hunde an. Sie kennen die Art des Teufels, mit der Spitze des Stiefels die weichen Stellen zu finden, zwischen den Rippen, mit einer genau bemessenen Kraft, die Schmerzen zufügt, ohne zu verletzen.

Der Teufel tritt Georg wie einen Hund.

Die Hunde bellen im Chor. Georg rollt sich ein, so gut es geht, er ist schon jetzt einer von ihnen, weil er die Züchtigung des Teufels erträgt wie sie, stumm und ergeben, mit einem Lächeln auf den zusammengepressten Lippen. Ich drehe mich zu den Hunden um, die nur noch aus Augen und Maul bestehen, Organe des Winselns und des Flehens um Gnade für einen der ihren. Der Teufel holt aus, in Richtung des Kopfs, aber mein Vater geht dazwischen, beugt sich zu Georg hinab und befreit seine Arme, richtet ihn auf. Die Hunde verstummen.

»Gibst du es zu?«, fragt mein Vater.

Georg schüttelt den Kopf.

»Dann lass uns weitergehen.«

Mein Vater hebt Lilianne auf und legt sie in Georgs Arme, packt Georgs Schultern und zieht ihn hoch. Der Teufel stößt ihm beide Hände in den Rücken. Georg stolpert vorwärts, den Weg hinauf. Ein Stöhnen entringt sich dem Marsch, ein Murmeln unter den Frauen, als wir uns wieder in Bewegung setzen. Ich lasse mich durch die Reihen zurückfallen, bis ich wieder hinter der Hebamme gehe. Der Schweiß hat ein Muster auf ihren Rücken gemacht: zwei Flügel, die sich von den Achseln ausbreiten und über den Wirbeln zusammenwachsen.

Wir kommen nur langsam voran.

Das Gelände wird steiler, unter den Hufen der Maultiere knirscht die zermahlene Zeit, die Sonne steht an einem Stab über uns und geht nicht unter. Ich weiß nicht, wann wir sind und wo. Längst sind wir an der Stelle vorbei, an der ich den Käfer gerettet habe. Ich erinnere mich schlecht, unter Tausenden könnte ich ihn nicht herausfinden, aber ich weiß, dass wir danach hätten ins Tal gehen sollen, Georg und ich, damals am ersten Tag, als noch nichts geschehen war außer ein paar umgedrehten Steinen. Neben den Gleisen gibt es einen schmalen Weg zwischen überhängenden Büschen hindurch, wir hätten nebeneinandergehen können, Schritt für Schritt, es war noch hell genug. Es gibt doch nichts Einfacheres, jedes Kind kann laufen, bevor es sprechen kann, und so hätten wir gehen sollen, laufen, wie Kinder. Er hätte über die Büsche sehen können, damit wir die Gleise nicht verlieren. Die Gleise führen so sicher ins Tal wie der Fluss. Wir hätten der Schwerkraft folgen sollen, es gibt doch nichts Einfacheres, als sich fallen zu lassen, jedes Ding fällt nach unten, ein Naturgesetz, wir hätten der Natur gehorchen müssen, hätten ins Tal gehen sollen, und nichts von all dem wäre passiert. Aber wir sind nicht gegangen, und Lilianne hat ihn mir weggenommen, und deshalb bin ich froh, dass sie tot ist, ein kleiner Teil von mir ist froh, der kleinste Teil, eine bösartige Zelle, ein Geschwür, das man herausschneiden müsste, bevor es anfängt zu wuchern und ich so werde wie mein Vater. Meine Mutter wischt mir die Tränen aus dem Gesicht. Dort, wo ihre Finger mich berühren, reißt die Haut auf, und ich öffne den Mund, um zu sprechen, aber da fällt Liliannes Mutter mit einem dumpfen Schlag um und steht nicht mehr auf. Die Frauen stürzen zu ihr hin, meine Mutter, Adas Mutter, die Hebamme, öffnen ihren Kragen, fächeln ihr Luft zu, tauchen ein Tuch in die Milch und legen es auf ihre Stirn. Ihr Gesicht ist blass, ihr Atem geht hechelnd. Ada kniet sich hin und legt die Füße von Liliannes Mutter auf ihre Oberschenkel. Cass rollt eine Decke zusammen und schiebt sie unter ihren Nacken. Séraphine kommt mit einem Hund und setzt sich neben Liliannes Mutter vor die Sonne, damit ihr Gesicht im Schatten liegt. In Rinnsalen läuft die Milch über ihre staubigen Wangen und die trockenen, rissigen Lippen. Es ist still, die Maultiere sind stehen geblieben und sehen uns zu, wie wir in einem Kreis um Liliannes Mutter hocken und nicht weitergehen. Die Männer sind schon fünfzig Meter voraus, ohne zu bemerken, was hinter ihnen geschieht. Bald werden sie um eine Kehre verschwunden sein, gerade noch kann ich Georg erkennen, schwankend, stolpernd, an der Spitze des Marschs, er hat sich Lilianne über die Schulter geworfen wie etwas, das er selbst geschossen hat, aber das will ich nicht denken. Ich greife die Hand von Liliannes Mutter und drücke sie leicht, bis sie den Druck erwidert. Sie atmet ein wenig ruhiger jetzt, Ada hat ihre Schuhe aufgeschnürt, Cass tupft den Schweiß von ihrem Gesicht, Séraphine streichelt den Hund und spendet Schatten, während meine Mutter kleine Stücke vom Brot abreißt und in der Milch einweicht. Im Augenwinkel sehe ich, wie die Hebamme aufsteht und ein paar Schritte in Richtung der Männer macht. Ich weiß, was sie vorhat. Sie meint es nicht böse, und doch sollte ich aufspringen und sie aufhalten, sollte ihr die Hand über den Mund legen und ihr befehlen, still zu sein, die Männer gehen zu lassen. Aber etwas in mir vergisst nicht. Etwas in mir will, dass es so kommt, wie es kommen muss, dass sich erfüllt, was wir über uns gebracht haben, als wir beinahe ohne Widerstand zugelassen haben, dass diese Frau uns aus unseren Müttern herauszieht und in die Arme unserer Väter legt. Die Hebamme formt die Hände zu einem Trichter. Ihre Stimme rollt über die Hänge, hallt durch die Schluchten und Winkel, bricht an der gegenüberliegenden Wand und kommt als Echo zurück, das noch in unseren Ohren klingt, als sie längst aufgehört hat zu rufen.

»Wartet!«

»Wir können nicht weiter!«

»Kommt zurück und helft uns!«

Für einen Moment ist die Welt erstarrt, keiner regt sich, die Männer sind stehen geblieben, nur Georg ist bereits hinter der Kehre verschwunden. Liliannes Mutter drückt meine Hand, dass es wehtut.

Ein Ruf von der gegenüberliegenden Wand:

»Was ist?«

»Maure kann nicht weiter.«

»Warum?«

»Sie kann nicht mehr.«

Eine Minute vergeht, vielleicht zwei. Aus den Reihen der Männer löst sich mein Vater, er hat den Teufel am Arm und kommt auf uns zu, seine Wangen sind eingefallen, die Augen so tief in den Höhlen, dass ich ihre Farbe nicht erkennen kann. Die Hebamme tritt ihnen entgegen, aber der Teufel stößt sie beiseite, als wäre sie nichts. Unwillkürlich rücken wir enger um Maure zusammen. Der Teufel schwitzt, aus kleinen Augen flackert sein Blick über uns hinweg und zurück zu meinem Vater, der stehen geblieben ist und uns beobachtet, meine Mutter, die den Kopf gesenkt hat und die Milch aus dem Brot drückt, Adas Finger, die mit den Schnürsenkeln spielen, Cass, tupfend und tupfend, Séraphine, die sich an den Hund klammert wie eine Ertrinkende. Nur mich sieht er nicht an. Über mich geht er hinweg, als wäre ich nichts.

Mein Vater nickt dem Teufel zu. Der Teufel schiebt sich zwischen uns und stellt sich über seine Frau.

»Was hast du?«

Maure öffnet die Augen und sieht zu ihm hoch, ohne zu sprechen. Sie muss nichts sagen. Wir alle wissen, was sie meint.

Es ist nicht richtig.

So soll es nicht sein.

Die Stimme meiner Mutter, ein in die Milch gerichtetes Flüstern:

»Sie kann nicht weiter. Lass sie nach Hause gehen.«

Der Teufel sperrt den Mund auf. Aus seinem Mundwinkel löst sich ein Speichelfaden und fließt über das Kinn, bleibt kurz hängen, bevor er auf Maure hinabtropft. In dem grauen Stoff ihres Kleids macht der Speichel des Teufels einen schwarzen Punkt, eine Zelle, ein Geschwür, das entfernt werden muss. Maures Augen weiten sich, sie versucht hinzusehen, aber sie kann den Kopf nicht weit genug heben. Ungläubig starre ich auf den Tropfen hinab, wie er sich ausbreitet, größer wird. Der Teufel packt Maure an den Haaren und reißt sie hoch. Sie ist zu überrascht, um zu schreien. Ihr Mund steht offen, ihre Knie knicken ein, aber der Teufel lässt sie nicht fallen, hält sie an den Haaren, am langen Arm ausgestreckt in Richtung der Männer, die von der gegenüberliegenden Wand zu uns hinübersehen.

»Da vorne geht deine Tochter, und da gehst auch du.«

Der Teufel stößt Maure vorwärts, vorbei an meinem Vater, der nichts tut, nichts sagt, kaum hinsieht. Maure fällt auf die Knie, und der Teufel reißt sie hoch und stößt sie vorwärts, reißt sie hoch und stößt sie vorwärts, so lange, bis sie alleine geht, schwankend, stolpernd, als trüge sie selbst Liliannes Leichnam über der Schulter und nicht Georg. Ich wende den Blick ab und schaue zu meiner Mutter, die das Brot wegwirft und die Milch ausschüttet. Ihr Gesicht ist hart und seltsam verändert, wie Ton, der im Schatten auskühlt. Sie erhebt sich als Erste, dann folgen die anderen, die Maultiere setzen die Hufe und zermahlen die Zeit zu einem feinen weißen Staub, der unsere Poren verstopft und unsere Kehlen austrocknet. Mein Vater geht als Letzter, damit niemand zurückbleibt, niemand verloren geht. Ich zähle die Wirbel am Rücken der Hebamme, vierundzwanzig vom Nacken bis zum Steiß. Meine Mutter geht neben mir. Cass geht hinter mir, Ada geht neben Cass, Séraphine ist bei den Hunden am Ende des Marschs. Ich weiß, was sie denken, kann es fühlen in der Art, wie sich ihre Blicke suchen und sofort wieder loslassen, wie sie ausspucken und nach den Fliegen schlagen, wie sie gegen die Steigung angehen, die nicht enden will und sich immer nur noch steiler vor uns hinwirft:

Es ist nicht richtig.

So soll es nicht sein.

Das Kind soll hier nicht sein, Lilianne soll hier nicht sein, sie soll auf dem Friedhof liegen, wo alle liegen, wo die Toten bis auf die Rippen des Bergs in Schichten übereinanderliegen und das Gewicht der Jüngeren die Älteren in den Fels drückt, bis sie eins sind damit, eins mit dem Berg. Ein Lehrer hätte gesprochen, der Bürgermeister, zuletzt der Pfarrer. Das Wetter wäre schön gewesen, die Sonne hell. Die Kinder hätten Blumen in der Hand gehabt, von der Wiese hinter der Mauer. Der Pfarrer wäre zur Seite getreten, und Liliannes Eltern hätten sich von ihrer Tochter verabschiedet. Wir hätten auf alles geachtet. Auf die Kleidung, die ein wenig unordentlich sein darf, aber nicht schmutzig. Auf Verletzungen an Maures Armen, auf ihre Augen, die ruhig aufgequollen sein dürfen, und auf den Blick des Vaters, der leer sein darf oder hart, je nachdem, wie die Sonne zwischen den Bergen einfällt. Maure hätte eine Blume in das Grab geworfen, und ihr Mann hätte die kleine Schaufel genommen und ein wenig Erde auf den Sarg seiner Tochter rieseln lassen, den der Sargbauer aus dem Holz unserer Wälder gemacht hat. Das dumpfe Geräusch der Erde auf dem Sarg hätte uns zusammenfahren lassen, und wir hätten Verständnis dafür gehabt, wenn Maure auf die Knie gefallen wäre und versucht hätte, in das Loch hinabzusteigen, in dem ihre Tochter liegt. Natürlich hätte ihr Mann sie zurückhalten müssen, hätte sie hochgezogen und an sich gedrückt, hätte sie weggeführt, aus der Sonne heraus und in den Schatten der Kastanien, die am Rand des Friedhofs wachsen. Dann wären wir nacheinander ans Grab getreten und hätten Erde und Blumen auf Liliannes Sarg geworfen, wie es sich gehört. Die Sonne wäre hinter den Gipfeln verschwunden, und wir wären ins Wirtshaus gegangen und hätten gegessen, wären nach Hause gegangen und hätten geweint, wären ins Bett gegangen und hätten geschlafen. Am nächsten Morgen wären wir in unseren Betten erwacht, und der Tag hätte begonnen, wie er immer beginnt, ohrenbetäubend im Wettkampf der Hähne.

So hätte es sein sollen, aber so ist es nicht gewesen.

Ich nehme die Hand meiner Mutter, es wird Abend, und die Gipfelschatten langen über uns hinweg bis ins Tal. Vor uns gehen die Männer durch eine Senke, Georg vorneweg, dahinter mein Vater. An der tiefsten Stelle dreht er sich um, eine Hand über den Augen gegen die tief stehende Sonne, sodass ich sein Gesicht nicht erkennen kann. Aber das muss ich auch nicht. Ich sehe es im Fenster, seit ich geboren bin, es wacht über mich und ist doch nie ganz da, verschwommen hinter der Scheibe, eine Oberfläche, unter der die Gedanken in Strömen und Strudeln ineinanderfließen, flüssige Gedanken, die mein Vater am Fenster stehend denkt und glaubt, ich merke es nicht. Er wendet sich ab und geht weiter, durch die Senke hindurch zum

Eingang des Steinbruchs. Die Hand meiner Mutter ist trocken und warm. Wir sind angekommen, weil die Nacht kommt und wir nicht weiterkönnen, am Ende dieses Tags, der so unendlich lang gewesen ist wie kein anderer je zuvor.

12

Der Fährmann erinnerte sich an die Spiegelung seines Gesichts im Fenster, aber da war nichts Fremdes, nur das, was er ohnehin schon kannte. Die blauen Augen der Mutter. Die Eingrabungen der täglichen Arbeit, zwei scharfe Linien von den Nasenflügeln zu den Mundwinkeln. Die vor dem Alter zurückweichende Haarlinie des Vaters. Ein Stechen im Blick, kurz geschorene grauschwarze Haare. Kleine, genetisch defekte Ohren. Er suchte das Tier, das er schon einmal dort entdeckt hatte, schmal und hager, misstrauisch, ein Windhund vielleicht, eine Art von Hyäne. Sein Kehlkopf rollte im Hals auf und ab. Vor ihm, zwei Armlängen entfernt, schleppte Musiel die Leiche des Mädchens auf den Steinbruch zu. An den schlaff herabhängenden Gliedern erkannte der Fährmann, dass die Leichenstarre sich gelöst hatte. Er betrachtete die wippenden Füße des Mädchens und ihren widerstandslos im Gelenk rollenden Kopf. Ein Jagdbild: das Reh über der Schulter des Jägers, der Kopf ohne Spannung im Nacken, das Gesicht ausdruckslos dem dunklen Himmel entgegen. Der Blick des Fährmanns glitt über Musiel hinweg, der seine Jacke weggeworfen hatte, dessen Hemd zerrissen war und dessen Haut, dessen Haare in wildem Aufruhr standen. Er würde ihn noch einmal fragen müssen, bevor sie das Lager aufschlugen, fragte, ohne Erwartung.

»Gibst du es zu?«

Musiel schüttelte den Kopf. Er war fast schon ein anderer. Seine Gestalt war nur noch eine alte Hülle, unter der an den dünnsten Stellen schon das Neue aufschien, das nachgewachsene, fremde Andere. Der Fährmann schlug den Blick nieder.

»Dann geh hinein, wir bleiben hier für die Nacht.«

Musiel nickte. Schwankend, mit tastenden, aber stetigen Schritten betrat er das Gelände des Steinbruchs. Der Fährmann wandte sich zum Marsch. Es war eine Aufgabe, um die er nie gebeten hatte und von der er nicht wusste, wie sie ihm zugekommen war. Die Entscheidung musste auf einer Ebene des Mechanismus gefallen sein, die er ebenso wenig denken und begreifen konnte wie eine geometrische Form, die es nicht gab, aber die Aufgabe schmeichelte ihm und machte ihn größer, als er war. Schneidend klang seine Stimme durch die staubige Luft:

»Diese drei binden die Maultiere fest. Ihr beiden geht die Bruchkante ab. Du verteilst die Hämmer und Zelte.«

Die Männer gehorchten ihm, trotz der Müdigkeit und des langen Marsches. Im langen Schatten der Bruchkante begannen sie, die Maultiere zu entladen und die Zeltbahnen zu entrollen, während die Frauen und Mädchen dicht an dicht am Rand neben den Hunden stehen blieben. Bald hallten die Hammerschläge durch den Bruch. Der Fährmann hielt sich ein wenig abseits. Neben dem Lagerschuppen lagen kniehoch gestapelt ein paar leere Säcke, auf die er sich setzte. Gegen die tief stehende Sonne glitt sein Blick zurück in die Erinnerung, in das Bild, das er gesehen hatte. Da war nichts Fremdes, nur das, was ohnehin schon da war. Ein Windhund vielleicht, eine Art von Hyäne. Über den blauen Augen der Mutter lag ein Schleier,

den er nicht mehr wegbekam. Er hätte zu dem Arzt ins Tal gehen müssen, bei dem er vor Jahren schon einmal gewesen war,
früh am Morgen noch vor dem Krähen der Hähne. Der Arzt
hatte seine Augenlider mit zwei Lidklemmen fixiert und eine
Flüssigkeit in seine Pupillen geträufelt. Danach hatte er wieder
klar gesehen. Der Fährmann schloss kurz die Augen, erinnerte
sich an das leichte Brennen der Tropfen, an ihre schnell nach-
lassende Wirkung. Als er die Augen wieder öffnete, standen die
Zelte unterhalb der Bruchkante aufgereiht nebeneinander, und
die Männer hatten bereits begonnen, den Schnaps zu verteilen.
Der Fährmann ließ seinen Blick über die Stelle gleiten, die aus
dem Berg gesprengt worden war. Ein aufgerissenes Maul, dessen Tiefe im Abendlicht nicht zu ermessen war. In seiner Über-
setzung des Mechanismus war dies der letzte Ort; hier, wo das
Dorf angefangen und im gleichen Augenblick geendet hatte.
Der Fährmann wandte seinen Blick von der Bruchwand ab und
versuchte, in der herabfallenden Dämmerung dahinter irgendetwas zu erkennen, ein natürliches Licht, eine Landmarke. Er
selbst besaß keine Vorstellung über den Steinbruch hinaus, nie
war er tiefer in den Bergen gewesen, wusste von keinem, der
weiter gegangen war. Im Winter zogen die sterbenden Böcke
am Bruch vorbei und verschwanden hinter einer Kehre des Weges, den ihre Vorgänger getreten hatten. Am Brecher stehend
hatte der Fährmann sie beobachtet, die Walzen ein lärmender,
tobender Hass gegen den Fels, die Luft vernebelt von Staub,
sodass die Böcke wie hinter einem Schleier gegangen waren,
verlangsamt durch die unklare Sicht, die Köpfe tief über dem
Boden, niedergedrückt von den schweren Hörnern und dem
langen, zu einem Ende kommenden Leben. Er hatte sich die
Geburt der Böcke vorgestellt, ihren Anfang; das Zerplatzen der

Fruchtblase, der erste Atemzug, die gierige, sich auffaltende Lunge. Hatte den Sog gespürt, den Unterdruck, der entstand, als die Böcke hinter der Kehre verschwanden. Beinahe hätte er seine Hand in den Walzen verloren.

Eine Hand legte sich auf seine Schulter, und der Fährmann schreckte hoch. Für einen Moment wusste er nicht, wo er war. Immer schneller wechselte er nun die Räume, die Orte, die Zeiten, wurde haltlos in der Welt, weil es nichts mehr zu tun gab und seine Aufgabe beinahe erfüllt war. Er hob den Blick zu Liliannes Vater, der gekommen war, um ihn zu holen, zu den anderen Männern, die dicht dahinter standen. Die Jüngeren kannte er seit ihrer Geburt, die Älteren, seit er sich erinnern konnte. Er erkannte die Kinder in ihnen; sie waren beinahe unschuldig. Vorsichtig strich der Fährmann über die Wange von Liliannes Vater, nahm seine Hände und drückte sie fest, dann ging er von den Männern weg zu dem Felsblock unterhalb der Bruchkante, unter dem er den Arm herausgezogen hatte, den Arm, den er im Feld hinter den Gleisen vergraben hatte, das Feld, auf dem er als Kind mit seinen Freunden gespielt hatte, die Freunde, von denen einer zu jenem Mann herangewachsen war, der seinen Arm unter dem Felsblock verloren hatte. Wieder schloss sich ein Kreis, und der Fährmann drohte erneut in die Unendlichkeit einer Erinnerung abzugleiten, wo er als Einziger ohne Anfang und Ende war. Er zwang sich heraus; betrat den Pfad der Böcke, der sich keine zehn Schritte von ihm in einer ersten Kehre um den Berg herumschlängelte. Noch einmal drehte er sich um. In seiner Abwesenheit gerieten die Männer in Streit. Der Fährmann sah, wie sie gestikulierten und sich gegenseitig vor die Brust stießen, ein paar gingen weg zu den Zelten, während die anderen sich zögernd in Bewegung setzten. Der Fährmann schnaubte verächtlich. Er spürte den Impuls, umzukehren und die Ordnung des Mechanismus mit ein paar einfachen Worten wiederherzustellen, aber er ging weiter, losgelöst, unbeteiligt, die Worte ein bloßes Echo, der bloße Nachhall einer gerade erloschenen Pflicht:

Ihr beiden, diese drei, du da hinten.

13

Wir füttern die Tiere, geben ihnen Wasser, mehr machen wir nicht. Die Maultiere trinken aus den Kannen, die sie getragen haben. Die Hunde wischen sich über die Schnauzen und kriechen in den Schatten der Wand. Die Männer bauen die Zelte auf. In dem steinigen Boden knicken die Heringe ab, sodass sie sie mühsam in den Spalten verkeilen müssen, die den Steinbruch in einem feinen, von der Bruchkante ausgehenden Netz durchziehen. Sie sind unzufrieden, müde, gereizt. Immer wieder lösen sich die Heringe aus den Spalten, und die an den Leinen vertäuten Zeltplanen fallen in sich zusammen. Als ihnen die Hunde in die Quere kommen, treten sie wahllos hinein, und die Hunde springen zur Seite weg, kriechen zurück, absorbieren die Tritte, während die Kleinsten hilflos danebenstehen und sich an ihre Spielzeuge klammern. Sie verstehen am wenigsten, warum wir hier sind. Der Steinbruch ist ein unwirtlicher Ort für die Nacht, von der offenen Seite bläst ein scharfer Wind hinein und wirbelt den Staub auf, rüttelt an den Zelten, die noch immer nicht sicher stehen, ein Flattern und ein Klatschen, dazu das Heulen der getretenen Hunde, die harten, seltsam veränderten Gesichter der Mütter. Die Kleinsten betrachten die Puppen und Kreisel in ihrer Hand, die Figuren und Bälle, die Autos und hölzernen Maschinen, schütteln sie, halten sie sich ans Ohr, brechen ein Rad heraus und knicken ein Bein ab, reißen die Bäuche auf, um den Fehler zu finden, aber da ist nichts, nur das Stroh, modrig und stinkend wie in einem winterfeuchten Stall.

Was ist das für ein Ort, an dem das Spielzeug nicht funktioniert?

Ein Mädchen fängt an zu weinen, dann ein Junge. Er versucht, die Geräusche zu unterdrücken, indem er sein Gesicht im Schoß seiner Mutter vergräbt, aber sein Schluchzen ist ansteckend, jetzt weint ein anderer, dann noch einer, dann alle. Meine Mutter geht von den Tieren weg und zeichnet mit der Fußspitze ein Spielfeld in den Staub, wirft einen Stein auf die Neun, verspricht dem Sieger eine Überraschung, von der ich nicht weiß, was das sein soll, hier oben im Nichts. Die Kleinsten hören auf zu weinen und stellen sich in einer Reihe auf, um das Spiel zu beginnen. Meine Mutter kommt zurück und reißt ein neues Brot in Stücke, taucht die Stücke in Milch, füttert Liliannes Mutter aus der bloßen Hand wie einen Vogel. Ada zieht ihre Schuhe aus. Cass schiebt sich das Brot mit der Zunge unter die Oberlippe. Séraphine lockt die Hunde mit einem leisen Pfiff von den Männern weg. Sie haben die Zelte halbwegs zum Stehen gebracht, jetzt geben sie den Schnaps herum und saufen auf nüchternen Magen, der Teufel vorweg, Séraphines Vater, der Vater von Cass. Adas Vater reckt die Flasche mit dem heilen Arm dem Himmel entgegen, während sein Stumpf auf und ab wippt, als sei er lebendig, ein unter der Haut tobender Kobold, der versucht, durch die Schnittstelle zu entkommen. Ich lasse den Blick über die Väter gleiten, über ihre rauen Gesichter, die erschöpften Augen.

Sie sind alle da.

Nur mein Vater sitzt im Schatten der Hütte und beobachtet uns.

Ich kann seine Beine sehen, die er übereinandergeschlagen hat, seine Hände, die reglos im Schoß liegen. Als ich ein Kind war, hat er mir damit die Schuhe gebunden und die Phasen des Monds erklärt, wie die Sonne in seinem Schatten verschwinden kann, obwohl sie viel größer ist. Mein Vater ist die Hälfte der Sonne, der halbe Mond. In seinem Licht bin ich aufgewachsen, in seiner Dunkelheit habe ich geschlafen und bin am Morgen aufgewacht. Beim Frühstück hat er meine Hand zusammengedrückt, und das Messer ist in den Teller geklirrt, zum Anfang und Ende der Welt.

»Täusch dich nicht, mein Kind. Es ist mein Leben, das du da führst.«

Mein Vater hat recht. Es ist sein Leben, das ich führe, weil ich die Hälfte von ihm bin. Im Schatten der Hütte zuckt seine Hand unkontrolliert durch die Luft. Von der Bruchwand kommen die anderen auf ihn zu, Adas Vater hält die leere Flasche am Hals, in seinem Stumpf tanzt der Kobold und ist beinahe heraus. Der Teufel legt die Hand auf die Schulter meines Vaters. Mein Vater streichelt den Teufel wie einen Sohn, steht auf, nimmt seine Hände. Die Hände meines Vaters sind trocken und hart, die Hände des Teufels sind weich und feucht und duften nach dem Rasierwasser, das er über Liliannes Kopf ausgeschüttet hat, nachdem er sie geschoren hat. Für eine Minute halten sie sich, dann löst sich mein Vater und geht durch die Männer hindurch ans andere Ende der Wand. Die Männer bleiben unschlüssig zurück. Einer aus den hinteren Reihen reicht eine neue Flasche Schnaps nach vorne, ein anderer brüllt etwas und wird geschlagen, Adas Vater reißt die Flasche an sich und säuft einen großen Schluck, bevor er sie an den Teufel weitergibt, der den Blick an uns vorbei in die Mitte des Steinbruchs richtet, wo Georg reglos neben Lilianne auf dem Boden sitzt, seit wir hier angekommen sind. In meinem Rücken spüre ich die Unruhe der Frauen, die Maultiere treten auf der Stelle, die Kleinsten haben aufgehört zu spielen und stehen verloren neben dem Spielfeld herum, dessen Linien und Zahlen längst bis zur Unkenntlichkeit verwischt sind. Ada flicht die Bänder ihrer Schuhe zu einem Zopf. Cass schiebt das Brot von einer Wange zur anderen. Séraphine hat einen Hund umklammert und lässt ihn nicht los. Wir können nicht vor und nicht zurück. Die drohende Nacht hält uns an diesem Ort gefangen, an dem noch keine von uns gewesen ist, es ist der Ort unserer Väter, der Ort, von dem sie kommen und an den sie gehen, während wir zu Hause die Tiere füttern, das Brot backen, auf der Bank um die Kastanie sitzen und zusehen, wie ein Fremder in unser Dorf kommt und die Steine umdreht, die wir auf die Mauer gelegt haben. Die Männer ziehen die Äxte aus den Taschen, greifen die Hämmer. Wir riechen den Schnaps bis hierher. Ihre Gesichter sind rot, die Augen glasig, die Hemden am Rücken dunkel von Schweiß, der in den Poren brennt und die Haut wund macht, sodass wir sie mit einer zähen Salbe einreiben müssen, unterhalb der Schulterblätter, dort, wo sie mit ihren Händen nicht hinkommen. Einer der Männer reißt sich das Hemd vom Leib und legt es ordentlich gefaltet zu Boden. Ein anderer blutet am Mund, von dem Schlag, den er bekommen hat. Der Teufel wirft den Kopf nach hinten und lässt die Sehnen knacken.

Es wird nun schnell dunkel.

Wir halten den Atem an, horchen gemeinsam: Flügelschläge

in der Luft und das Scharren der Maultiere. Meine Hand tastet nach vorne, und ich versuche, zwischen den Fingern unsere Väter zu entdecken, den Teufel, Adas Vater, Séraphines Vater, den Vater von Cass, aber die Nacht ist da, unwiderruflich, und unsere Väter sind so vollständig darin verschwunden, als hätte es sie nie gegeben. Hinter mir rücken die Frauen enger zusammen und zünden eine Laterne an. Ich kann den Schweiß meiner Mutter riechen, sie ist ganz nah bei mir, ich muss mich nur nach hinten fallen lassen, um sicher zu sein. Jemand berührt meine Schulter, und ich schrecke hoch.

Es ist Ada, die als Erste geht.

Sie ist die Stärkste von uns, stößt die Böcke um wie keine andere. Im flackernden Licht der Laterne sehe ich, wie Cass Séraphine an die Hand nimmt, der Hund folgt ihr bei Fuß, ich kann nicht erkennen, welcher es ist, ein Hecheln über dem Boden, das sich langsam entfernt, leiser wird, verklingt. Meine Mutter küsst meine Stirn und schickt mich hinterher.

»Geh mit ihnen.«

Die Dunkelheit ist tief und schwarz, ein Ding an sich, mehr als nur kein Licht, kein Licht und noch etwas. Blind taste ich mich vorwärts, bis mein Fuß gegen etwas Weiches stößt. Ada hat sich auf den Knien niedergelassen, ich rieche sie, spüre sie eher, als dass ich sie sehe, Cass hält Séraphine im Arm, der Hund hat seine Schnauze auf Séraphines Schoß gelegt. Vorsichtig, um kein Geräusch zu machen, setze ich mich neben Ada und nehme ihre Hand, lausche der Stimme, die keine Armlänge von uns entfernt aufsteigt, eine Stimme, identisch mit der Dunkelheit.

Georg sang, es war das Lied seiner Mutter.

In den schlimmsten Nächten hatte sie versucht, ihn damit zu beruhigen, aber er erinnerte sich nicht, ob es je funktioniert hatte. Den Schlaf wussten nur die anderen, man selbst schlief ganz ohne Wissen. Er berührte den Kopf des toten Mädchens, fuhr über die vertrockneten Schnitte, über die weichen, eingefallenen Augäpfel unter den geschlossenen Lidern. In den schlimmsten Nächten hatte er krampfend und keuchend in den Armen seiner Mutter gelegen, schweißüberströmt, während sie für ihn gesungen hatte. Das Lied seiner Mutter hatte viele Strophen. Er würde eine gute Weile gegen die Selbstauflösung ansingen können, obwohl er seine Stimme nicht mochte, sie war ihm zu hoch, schwach, kratzig, beinahe die Stimme eines Frosches, und doch sang er weiter, Strophe für Strophe. Im Lied seiner Mutter traten die Tiere nacheinander in den Schlaf. Eine alte Katze ging als Erste, sie lebte nahe der Grenze und hatte es nicht weit. Er erinnerte sich an den Weg der Katze, über die Felder, durch die Wälder, vorbei am Baum der Eule, die ihr mit einem lautlosen Drehen des Kopfes folgte, bis sie in der Dunkelheit verschwand. Mit einem Flügelschlag glitt die Eule von ihrem Ast und sank wie Blei in einen Traum. Georg schloss die Augen. Aus Liliannes leicht geöffnetem Mund stieg eine erste, süßliche Ahnung von Fäulnis, kaum mehr als ein Hauch. In der dritten Strophe wagte sich die Maus aus ihrem Loch, nachdem ihre alten Feinde aus der Welt verschwunden waren. Ohne Furcht ging sie ihnen nach, im Schlaf, so sagte sie sich, sind alle gleich, der Tag gilt nicht mehr, mir kann nichts geschehen. Es folgten die Insekten, die Käfer, die Ameisen. Die Fliegen würden Liliannes Körper besiedeln und ihre Eier in den Öffnungen ablegen, die geschlüpften Maden sich durch die Haut und das subkutane Fett fressen. Georg sang von dem Specht, der sich die Backen mit Larven vollstopfte, weil er auch im Schlaf nicht hungern wollte. Dann gingen die Nutztiere, die Pferde, die Kühe, die Schweine, ein langer, sich windender Zug. Ein Hund begleitete sie und passte auf, dass keines verloren ging. Zuletzt war ein Kind alleine noch wach. Es sah den Tieren nach, wie sie den Tag scheinbar mühelos verließen, und zögerte doch, ahnte, dass es etwas aufgab, was nicht wiederkommen würde. Das Licht, die Wärme. Ob man schlief, ob man lebte, es wussten nur die anderen. Georg ließ das Kind gehen. Es folgte dem Pfad, den die Tiere getreten hatten, ohne sich noch einmal umzudrehen. Die Nacht war voller Sterne, so hieß es in dem Lied, aber Georg sah nichts, hörte nichts.

Er selbst war ganz ohne Wissen.

Wir lauschen mit gesenktem Kopf, die kühle Luft streicht über uns hinweg, und wir erinnern uns plötzlich, erinnern uns an die Dinge, die wir wissen und nicht wissen, und daran, dass Lilianne ein Mensch gewesen ist. Maure hat sie an einem hellen Morgen geboren. Die Hebamme hat zu Maure gesagt: Ich muss die Zange nehmen, sie will nicht heraus. Die Hebamme hat die Zange genommen und das Kind herausgezogen. Dann hat sie Lilianne dem Teufel in die Arme gedrückt. Da hast du sie. Nun mach, was du willst. Der Teufel hat sie gehalten und an Maure zurückgegeben. Maure hat gesagt: Etwas ist seltsam. Ich kann sie nicht ansehen. Die Hebamme hat gesagt: Das geht vorbei. Aber es ist nicht vorbeigegangen. Maure hat alles schnell und sorgfältig erledigt, das Wickeln, das Stillen, das Senken des Fiebers mit zwei feuchten Tüchern, die sie um die dünnen Beinchen gewickelt hat. Lilianne hat den Blick gespürt, der an ihr vorbeigeht, hat den Kopf gedreht, um zu sehen, was dort ist, neben ihr. Sie hat früh gesprochen, um sich zu erklären; ich bin lieb, hat sie mit zwei Jahren gesagt, und mit drei: Du brauchst keine Angst vor mir zu haben. Aber Maures Blick ist immer vorbeigegangen, wie ein Pfeil, der nicht trifft. Ein Schielen, ein vom Herzen verursachter Sehfehler. Stumm hat sie Lilianne gezeigt, wie man sich anzieht und wäscht, wie man die Hühner füttert und den Stall sauber macht. Lilianne hat ihre Handgriffe imitiert, die Gestik, die Mimik, bis hin zu dem Blick, der danebengeht. Lächelnd, an den Menschen vorbeischauend, ist sie größer geworden, aufgewachsen. Der Teufel hat gesagt: Sieh mich an, wenn ich mit dir rede. Ihre Lehrer haben zum Teufel gesagt: Sie sieht uns nicht an, wenn sie mit uns redet, sie hält sich für etwas Besseres. Lilianne hat gesagt: Es ist keine Absicht. Es ist etwas mit meinen Augen. Stundenlang hat sie im Keller ihre Unschuld beteuert. Der Stuhl, auf dem sie sitzen musste, war zu hoch für ihre Beine, Lilianne hat keinen Boden unter den Füßen gehabt, die Kindheit lag schwer auf ihrer Brust. Ohne Ada wäre sie nicht herausgekommen. Ohne Adas Finger, durch die sie ihre Haare entdeckt hat, weil Adas Finger durch ihre Haare gegangen sind wie durch etwas Schönes, Besonderes.

Wir lauschen Georgs Gesang und erinnern uns an die Entdeckung der Haare wie an die Entdeckung eines Kontinents. Die Luft ist anders gewesen danach, frühlingshafter, die Welt um eine Landmasse erweitert, ein gewaltiger, leerer Raum, in den die Vorstellung mühelos vordringt und von den Möglichkeiten Besitz ergreift, die der neue Boden bietet. Vor dem Spiegel hat Lilianne ihre Haare mit langen Strichen gekämmt.

Die Vorstellung, wer sie sein könnte, hat zunächst keinen Halt gefunden, zu weit, zu offen war das Land in seiner Fläche, wo sich die Felder ohne Übergang im Himmel lösen. Amerika. Ein einziges, strahlendes Blau. Sie hat Bilder davon gesehen. Sie hat sich vorgestellt, eine Frau in dieser Weite zu sein. Adas Finger haben ihre Haare aufgefächert wie ein Windstoß aus den Feldern. Die Jungen haben ihnen zugeschaut, und Lilianne hat sich vorgestellt, es seien amerikanische Jungen. *Boys.* Sie hat angefangen, lauter zu sprechen, schneller zu sprechen, ohne Unterlass zu sprechen. Die *Boys* haben an ihr geklebt wie Fliegen. Sie hat sich den schönsten ausgesucht und ist mit ihm in die Felder gegangen. Ein einziges, strahlendes Blau. Der Junge hat von Amerika erzählt. Von den Städten, den Häusern, den Wolkenkratzern. Ein schmerzhafter Stich.

Der Teufel hat gesagt: Was treibst du mit dem Jungen?

Zwei Tage lang, alle drei Stunden, hat er ein Glas Wasser vor Lilianne ausgeschüttet. Die Dürren Amerikas überziehen die Felder mit einem feinkörnigen Staub, der sich in der Kehle festsetzt, in den Augen, in den Haaren. Lilianne hat gespürt, wie ihre Haare trocken und brüchig werden, dann ist sie vom Stuhl gefallen. Amerikas Böden, hart und rissig im Sommer, gebacken von einer gnadenlosen Sonne im unendlichen Blau. Der Junge hat geflüstert: Lass uns weggehen, heute Nacht. Lilianne hat nichts eingepackt außer etwas Wäsche und den Dingen, die sie für ihre Haare braucht. Sie sind auf den Schienen gegangen. Die Nacht war kalt und klar und hart wie geschmiedetes Eisen. Eine amerikanische Nacht, die Sterne wie Silber am Himmel, der Mond aus reinem Gold. *Dollars and Nuggets.* Der Junge hat sie mit dem Rücken auf die Schienen gedrückt, damit sie den Himmel sieht, den Reichtum, die ganze nervenzerrüttende Pracht. Es hat wehgetan, aber sie hat ihn gelassen. Sie hat sich vorgestellt, dass sie am Anfang noch bei ihm bleibt. In einem Zimmer über der Straße, hinter einem Fenster mit einer Jalousie, die das Licht in schmalen Streifen durchlässt, die Geräusche von der Straße wie ein erster Geschmack des neuen Landes, die Rufe in der fremden Sprache, das Rauschen der Autos, die nächtliche Stille nie ganz still, ein Scheppern zwischen den Tonnen, ein dumpfer Schlag in der Wand von den Nachbarn. Ein Schrei von etwas, das ein Tier sein könnte. Sie würde nie ganz schlafen, wäre immer ein bisschen wach. Der Junge läge neben ihr wie bewusstlos, ein geringer Preis für den Ausbruch, das neue Leben. Sie horchte, lernte, während der Junge schlief. Auf der Straße die Stimme einer Frau: *Stop it*. Ungeduldig, drängelnd der Mann: *Come on, let's go*. Sie lauschte den Absätzen der Frau auf dem Pflaster, ein wütendes Stöckeln, das an ihrem Fenster vorüberzog, leiser wurde, verschwand. Die Stimme des Mannes, dunkel, versöhnlich: *Wait. I'm sorry.* Sie stand auf und ging zum Fenster, schob die Lamellen der Jalousie mit den Fingern auseinander. Die Straße war leer, auf dem Pflaster glänzte das Licht der Straßenlaternen silbern und golden in den Pfützen. *Dollars and Nuggets.* Im Himmel war eine Bewegung, ein sporadischer Meteor, nicht größer als ein Staubkorn. Der Junge über ihr hat gestöhnt, gelacht: Wenn der Zug kommt, sind wir für immer fort.

Lilianne hat sich vorgestellt, dass sie ihn am Ende der Nacht verlässt. Aufsteht, sich anzieht, auf die Straße tritt, wenn der Morgen kommt. Ein gräulicher Schimmer über der Stadt, die ihr schon nicht mehr fremd ist, weil sie ihre Geräusche kennt und die Worte, die sie rufen muss, *Hey there* zu einer Frau auf der anderen Straßenseite, *Watch out* zu einem Kind, das im Zickzack über die Straße springt, ohne auf die Autos zu achten. An den Kreuzungen bleibt sie nicht stehen, muss nicht nachdenken. Es gibt keine falschen Entscheidungen, jede Abbiegung vervielfacht die Möglichkeiten, bis das Leben in seiner ganzen Unendlichkeit vor ihr liegt. Amerika. Lilianne hebt den Blick. Wie eine Kuppel dehnt sich der Morgen über der Stadt, dem Land, dem Kontinent. Der Junge ist in ihr fertig geworden und aufgestanden. Er hat auf sie herabgesehen, bevor er sich umgedreht hat und entlang der Schienen in Richtung des Dorfes zurückgegangen ist. Lilianne hat versucht, an einen Irrtum zu glauben. Dass der Junge im Dunkeln die Orientierung verloren hat, dass er nach einer Weile wiederkommt. Aber sie hat es schon gewusst. Morgens im Stall hat sie die Hühner gefüttert, und die Hühner haben ihr in die Finger gehackt, zur Strafe dafür, dass sie eine Nacht fort war. Der Teufel hat gesagt: Du verdienst jeden Schmerz. Lilianne hat gefühlt, wo der Schmerz sitzt: im Unterleib, ein leicht nach rechts versetztes Ziehen, ein Brennen wie von einem schwarzen, zu einer Nuss verdichteten Stern. Sie hat niemandem von der Nacht erzählt. Adas Finger sind ihr ein kleiner Trost gewesen, die Hühner haben ihr verziehen, Maure hat getan, als wäre nichts. Nachts hat sie ein Echo gehört, von den Schuhen der Frau auf dem Pflaster.

Wait. I'm sorry.

Don't worry.

It's nothing.

Der Schmerz ist vergangen. Als sie geblutet hat, hat sie geweint vor Erleichterung. *It's nothing.* Die fremden Worte, die fremde Sprache wie Balsam auf ihrer Seele. Nacht für Nacht hat sie geübt, hat die Worte wiederholt, die sie in Amerika gelernt hat, eine Art von Gebet, damit die Welt sich öffnet und sie schlafen kann. Der Junge hat sie nicht mehr angesehen, aber es hat ihr nichts ausgemacht. Sie würde sich einen neuen suchen, es war noch Zeit, sie war noch jung, sie hatte ihre Haare noch.

Sie hatte gerade erst angefangen.

Come on, let's go.

Georg hört auf zu singen.

Jetzt ist Lilianne tot, ob ich will oder nicht.

Ich taste nach Georgs Mund, nach Georgs Gesicht. Er erkennt mich sofort, sagt meinen Namen, den er sonst immer vergessen hat.

Aỳ.

Ich lehne mich an ihn, und er streichelt mich, beruhigt mich. Als er mir Liliannes Kopf in den Schoß legt, zucke ich kurz, aber er hält mich fest, nimmt meine Finger und streicht damit über Liliannes Gesicht, über ihre Haut, die weich und kalt ist, über ihre trockenen Lippen, die weichen, geschlossenen Augen und zuletzt über die Stoppeln, die ihr Haar waren, das schönste von allen. Sie ist tot und kommt nicht wieder. Als gäbe es genug von Liliannes Art, als käme es auf eine nicht an, weil es Tausende gibt wie sie, Millionen, Milliarden. Die Luft zittert, und ich spüre, wie die anderen zusammenkommen, Ada, Cass, Séraphine, meine Mutter und Maure, die Schnauze des Hundes stößt mich an, eine schwere Hand berührt meine Finger und tastet weiter über Liliannes Kopf. Adas Hand, auf der Suche nach der verschwendeten Liebe ihres Lebens.

Unsere Hände berühren sich über Liliannes totem Körper. Wir machen nur kleine Bewegungen, sagen nur kleine Worte. Die Männer sind herangekommen und haben Fackeln und Laternen entzündet, und ich sehe, dass wir viel mehr sind, alle, das ganze Dorf, die Hunde sitzen auf ihren Hinterläufen im Kreis um uns herum, die Maultiere haben sich losgemacht und stehen dicht aneinandergedrängt dahinter, die Kinder kauen an ihrem kaputten Spielzeug. Meine Mutter hält Maure am Arm. Eine Gemeinschaft, von der ich nicht weiß, ob sie über diesen Moment hinaus halten wird, ob sie die Nacht überlebt oder das, was ich zu sagen habe, was ich schon längst hätte sagen sollen: dass ich meinen Vater gesehen habe, wie er spät in der Nacht von Liliannes Tod nach Hause gekommen ist, dass ich gesehen habe, wie er seine Kleider im Hof verbrannt und sich Gesicht und Hände mit einem Lösungsmittel gewaschen hat, dass ich gesehen habe, wie er mit verschleierten Augen ins Fenster gestarrt und geglaubt hat, ich merke es nicht. Ich stehe auf, und die Hunde sehen mich an, die Maultiere, die Mütter, die Väter, die Kinder.

»Vater ist es gewesen. Er hat Lilianne getötet.«

Die Kiefer der Mütter verhärten sich, die Hunde wischen sich über die Schnauzen, die Kinder hören auf zu kauen. Die Maultiere verlagern ihr Gewicht gegen die Neigung des Bodens. Im Flammenschein schweben die Gesichter der Männer über den Maultieren.

Jeder glaubt mir.

Jeder weiß, dass es stimmt.

Der Teufel bricht durch die Reihen, packt mich am Kopf, reißt mich zu sich hoch, sodass unsere Nasenspitzen sich berühren. Ich kann ihn riechen: Schweiß, Schnaps, Rasierwasser, die Poren weit geöffnet. Seine Hände pressen meinen Kopf zusammen, dass mir das Blut in den Ohren rauscht.

Aber sogar der Teufel weiß, dass es stimmt.

Ich halte seinem Blick stand, die Augen sind weiß, ein Zittern durchläuft ihn, die Hände spannen sich noch einmal fester, dann lässt er mich los. Der Teufel fällt auf die Knie. Georg legt Lilianne vor ihm ab und kriecht nach hinten weg, hinaus in die Dunkelheit. Lilianne liegt still unter den Händen ihres Vaters. Das Tuch, in das sie gewickelt ist, ist von Leichenwasser durchnässt und an mehreren Stellen gerissen, sodass die Haut sichtbar daliegt, wächsern im Licht der Fackeln. Ein Zeh steht hoch und lässt sich nicht verbergen. Der Teufel nimmt ihn zwischen Daumen und Zeigefinger, zieht und wackelt daran, biegt ihn vor und zurück, aber Lilianne wird nicht wach davon, obwohl sie an den Zehen empfindlich gewesen ist. Der Teufel kommt schwankend hoch, bückt sich noch einmal, um die Axt und den Hammer aufzuheben, die er fallen gelassen hat. Wir machen ihm eine Gasse auf, durch die er davonstolpert, dann rücken wir wieder enger um Lilianne zusammen, um endlich die Totenwache zu halten. Ada reißt den Saum ihres Kleids ab und wickelt ihn um Liliannes Zeh. Cass tupft das Wasser weg. Séraphine schickt den Hund los, um eine Decke zu holen. Maure hält den Kopf ihrer Tochter, während die anderen Mütter im Kreis um uns herumsitzen und uns mit ihren schweren Körpern vor dem Wind schützen, der unablässig in den Bruch hineinbläst. Es ist das einzige Geräusch. Ab und zu schluchzt jemand auf und verstummt sofort wieder, ansonsten ist es still, die Kleinsten schlafen im Sitzen ein und lehnen sich gegen den Nächsten, der eine Hand um sie legt, es ist ein langer Tag gewesen, und sie haben sich die Nacht verdient, so wie wir alle. Ich spüre, wie meine Lider schwer werden, mein Kopf neigt sich zur Seite, Adas Schulter ist fest und warm, sie ist die Stärkste von uns. Ich will ihr noch etwas sagen, aber es fällt mir nicht ein.

Dann kommen die Schüsse.

Der Fährmann verharrte in der Bewegung, die er gerade machte, ein Schritt um eine weitere Kehre des Weges, auf dem die Böcke Winter um Winter verschwanden. Seine Hand fuhr zum Gürtel, aber er trug keine Waffe bei sich, nicht einmal ein Messer. Die Schüsse krachten aus allen Richtungen zugleich, unendlich vervielfacht von den steil gegeneinanderstehenden Felswänden, die den Schall zwischen sich hin und her warfen, sodass er nicht sagen konnte, wie viele es wirklich waren. Dem Fährmann stockte der Atem. Eine Lähmung erfasste ihn, vom Hals abwärts über den Oberkörper bis zu den Beinen.

Seine Tochter war dort, bei den Schüssen.

Aẏ.

Seine Tochter, sein Kind, seine Hälfte.

Der Fährmann hob den Kopf, spürte die Spaltung entlang der Mittelachse, wie von einer Axt oder einem scharfen Messer. Unter den Sternen schlossen sich die Wolken zu einem zweiten, vollkommen schwarzen Himmel. Er wusste nicht, wo er war, um ihn herum war der Raum gleich weit, gleich leer in alle Richtungen. Obwohl er stand, schien er zu fallen. Er versuchte, sich an irgendetwas festzuhalten, aber seine Hände gehorchten ihm nicht, und da war auch nichts, keine Ordnung, kein Prinzip, nichts, was er kannte. Seine Beine gaben nach, und er sackte nach unten, bis er, halb an die Felswand gelehnt, auf dem Boden saß.

Aẏ.

Er hatte den Namen ausgesucht, lange vor ihrer Geburt, hatte ihn in ihr Ohr geflüstert, keine Minute nachdem sie auf die Welt gekommen war. Dann hatte er sie fortgeschickt. Es wäre nicht möglich gewesen, mit ihr so zu leben, ein Tisch, ein Spiegel, das Waschbecken zu schmal, um nebeneinanderzustehen. Er beobachtete sie manchmal durchs Fenster, ein stilles, spielendes Kind. Sie war ihm nie einsam vorgekommen, die anderen Mädchen waren ständig um sie herum, saßen da, taten nichts, vertrödelten die Zeit, als sei sie ewig oder existiere überhaupt nicht. Die Hände zwischen den Beinen, die Finger ein fest ineinander verschränktes Gitter. Bei der Einschulung hatten sie nebeneinandergesessen, Händchen haltend, die Augen starr nach vorne gerichtet, eingefroren, lodernd im weißen Blitz des Fotografen.

Sie waren alle gleich, es gab keinen Unterschied zwischen ihnen.

Ein weiterer Schuss krachte durch die Nacht, und der Fährmann zuckte zusammen. Das Adrenalin in seinem Mund war trocken, bitter, metallisch. Er wollte aufstehen, um zu seiner Tochter zurückzugehen, aber die Angst hielt ihn am Boden, drückte ihn nieder wie einen Hund. So weit war er noch nie gewesen. Er blieb sitzen, lauschte den Schüssen, betete für Aÿ ohne Hoffnung. Als er einen Lufthauch verspürte, schrie er auf.

Etwas, jemand, war ganz nahe an ihm vorbeigegangen.

Beinahe durch ihn hindurch.

Die Schüsse hallen durch den Steinbruch, die Kinder schreien, die Hunde jaulen, und wir laufen in alle Richtungen davon. Die Fackeln schwirren wie brennende Vögel im Zickzack durch die Nacht. Meine Mutter stößt mich zu Boden und wirft sich über mich. Ein schwarzer Berg, schwer vom Tag und den Jahren, der mich in den Staub drückt und mir den Atem nimmt. Ich versuche, den Kopf zu drehen. Am Rande des Steinbruchs zuckt das Mündungsfeuer in kurzen Abständen, um einen Wimpernschlag versetzt der von der Bruchwand gedoppelte

Schall, überall und nirgends. Die dumpfen Schläge der zu Boden gehenden Körper.

Die Angst sagt:

Sieh genau hin.

Du bist kein Kind mehr.

Im Aufblitzen der Pistole ein weißes Gesicht, glatt rasiert und glänzend, weiße Augen, ein weißes Gebiss. Der Teufel hat die Zähne gebleckt und steht breitbeinig über den Maultieren. Das Licht der Laternen, die an den Zelten hinter ihm hängen, ist gerade stark genug, dass ich seine Silhouette erkennen kann, wie er die Arme ausstreckt, die Pistole in Anschlag bringt. Er drückt ab, aber es kommt kein Schuss. Der Teufel spuckt aus und greift in seine Westentasche. Mit zitternden Fingern nimmt er die Patronen heraus und schiebt sie in die Trommel, dann legt er wieder an. Nacheinander verstummen die Hunde. Ich muss an Séraphine denken, die ihren Hund im Wald begraben hat, ganz allein, ohne uns. Nur sie weiß, wo er liegt, nur sie hat seinen Namen gekannt, wenn er überhaupt einen hatte. Der Teufel tritt mit dem Stiefel in einen toten Hund. Das Dorf hat keine Maultiere und keine Hunde mehr und ein Mädchen weniger. Er blickt sich um. Über den Steinbruch verteilt flackern die Fackeln einzeln im Wind, der noch immer von den offenen Seiten hineinweht, aber milder jetzt, weniger streng. Der Teufel steckt die Pistole in den Gürtel, geht auf die Knie und nimmt die Axt, die er neben sich abgelegt hat. Mit weit ausholenden Schlägen durchtrennt er die hinteren Sehnen der Maultiere. Löst mit der Schneide die Keulen aus. Zerschlägt die Augen der Hunde mit einem Hammer. Ich brauche eine halbe Stunde, um zu verstehen, dass er uns nichts tun wird.

Eine halbe Stunde.

So lange dauert es, die Tiere zu zerlegen.

Ich krieche unter meiner Mutter vor, sie versucht, mich am Fuß zu packen, aber ich bin schneller, stehe auf, renne los, zum Schlachtplatz des Teufels. Das, was da liegt, wird kein Hund mehr. Das, was da liegt, wird kein Maultier mehr. Der Teufel ist fertig und steht mit hängenden Armen da. Ich sehe genau hin, um sicher zu sein. Das Weiße ist aus seinen Augen verschwunden, da ist kein Wahnsinn mehr, keine Raserei, nur Leere.

Ich bin mir sicher, dass er uns nichts tun wird.

Ich drehe mich zu den anderen um, die aus allen Winkeln des Steinbruchs zusammenkommen. Der Teufel schielt zu uns hinüber und schnell wieder weg, hockt sich in die Tiere wie in einen Sandkasten. Die Mütter bringen die Kleinsten zum Schlafen in die Zelte. Die Alten schlurfen mit wehen Knochen hinterher, müde über die Zeit hinaus. Die Männer haben sich unter die Bruchwand zurückgezogen, wo sie im kleinen Kreis beisammensitzen und den letzten Schnaps kreisen lassen. Séraphines Vater zündet sich eine Zigarette an. Der Vater von Cass verschluckt sich am Schnaps und würgt Galle über seine Brust, über sein Bein. An Adas Vater hängt der Stumpf leblos herab, weil der Kobold heraus ist und nicht wiederkommt. Keiner will wissen, wo mein Vater ist. Keiner sucht nach ihm, der ein Kind des Dorfes vergewaltigt und mit seinen bloßen Händen getötet hat, der uns hierhergeführt hat, an den Abgrund der Welt. Meine Mutter geht zu ihnen hin und fragt, was werden soll. Die Männer bewegen die Münder, aber sie können uns nicht ansehen, reden davon, dass ein paar von ihnen hinter ihm hergehen wollen, morgen bei Tagesanbruch, aber das werden sie nicht, und sie wissen es selbst. Ihre Blicke wandern in ihre Handflächen oder in die flackernden Laternen, die sie aus Furcht vor der Dunkelheit in ihrer Mitte aufgestellt haben. Ein Stein klackert aus der Bruchwand, und ich sehe nach oben. Als wir in die Mitte des Steinbruchs zurückgehen, kann ich ein paar Sterne erkennen, den Großen Wagen, den halben Mond meines Vaters. Maure hält noch immer den Kopf ihrer Tochter im Schoß. Sie will alleine bei Lilianne bleiben, will so lange bei ihr sitzen, bis es hell wird. Wir bringen ihr eine Laterne und legen eine Decke um ihre Schultern. Es ist kalt, nur in den Zelten ist es warm von der gestauten Luft. Wir liegen eng zusammen, ohne Licht, wir haben die Laternen gelöscht, die wir mit in die Zelte genommen haben, damit niemand uns sehen kann, unsere Silhouetten, die auf der Leinwand tanzen, wenn eine von uns im Schlaf hochschreckt und wir alle mit ihr. Von draußen kein Laut, kein Ruf, kein Signal. Wir sinken in den Schlaf wie in einen flachen Teich, nur unsere Nasenspitzen schauen heraus und unsere Füße, alles, was absteht. Ada schnarcht wie ein Bär, in den Mundwinkeln von Cass trocknet der Brei, Séraphine atmet so leise im Schlaf, dass man ihr Leben nicht daran erkennen kann. In meinem Traum sitzen wir auf der Mauer und sehen zu, wie Georg aus dem Tal hinauf in unser Dorf kommt, den Dorfplatz überquert und in den Bergen verschwindet, ohne die Steine umzudrehen. Lilianne ist bei uns. Ada hat die Finger in ihrem Haar, und so sitzen wir den ganzen Tag und die ganze Nacht und warten auf unsere Zukunft, die in der schweren Luft liegt wie ein Gewitter.

14

Georg ließ den Mann herankommen, der ihm schon seit Tagesanbruch im immer gleichen Abstand gefolgt war. Er musste
sich ohnehin ausruhen, seit Stunden war er ohne Pause gegangen. Vorsichtig, um nicht am Hang abzurutschen, setzte
er sich auf eine flache, von der Witterung geglättete Felsplatte.
Er streckte die Beine aus, dehnte die Arme, während er den
Mann auf seinem Weg durch die Senke beobachtete, die er
selbst gerade durchquert hatte. Ein kreisrunder, mit Schotter
gefüllter Trichter. Immer wieder war er beim Aufstieg auf dem
losen Geröll abgerutscht und auf die Knie gefallen, eine Qual
für den Rücken und die Gelenke. Er zog seine Schuhe aus und
schüttelte die Körnchen heraus, die sich angesammelt hatten.
Der Mann hatte inzwischen den Rand der Senke erreicht und
mit dem Aufstieg begonnen. Auch er verlor immer wieder den
Halt und musste sich mit den Händen abstützen, rutschte für
jeden großen Schritt, den er tat, ein kleines Stück zurück, bis
er schließlich auf allen vieren weiterkletterte. Georg stand auf,
machte zwei Schritte mit nackten Füßen von ihm weg, aber da
war der Mann schon aus der Senke heraus und kam langsam
auf ihn zu. Er setzte sich wieder, ließ den Mann herankommen,
bis er direkt vor ihm stand. Der Fährmann hielt den Kopf gesenkt, seine Brust hob und senkte sich von der Anstrengung.

»Bist du es gewesen?«, fragte Georg.

Der Fährmann nickte. Georg wandte den Blick ab, blieb noch eine Weile sitzen und betrachtete das Panorama, das sich ihm bot, ohne sich weiter um den Fährmann zu kümmern. Wie ein Feld aus grob zerstoßenen Kegeln und Stelen erstreckte sich das Gebirge in alle Richtungen. Die Gipfel der umliegenden Berge waren klar zu erkennen, nur dort, wo seine Sehkraft nicht mehr hinreichte, verschwamm alles in einem hellen Grau. Als die Ausläufer des Sturms ihre Schatten über ihn warfen, zog er seine Schuhe an und ging weiter. Er ließ die Senke hinter sich und begann den nächsten Anstieg, der zunächst noch flach an der Flanke des Berges nach oben führte. Der Regen kam mit Wucht über ihn. Für eine Weile stieg er mit zusammengekniffenen Augen in einer Rinne auf, durch die das Wasser knöchelhoch über seine Füße bergab rauschte. Das Wasser machte ihn blind für die Gefahren des Untergrundes, aber weil er ohne Ziel ging, störte es ihn nicht, dass er immer langsamer wurde, jeder Schritt ein vorsichtiges Abtasten des Bodens mit der Sohle des vorangestellten Fußes oder, in besonders steilen Abschnitten, mit der flachen, kaltwassertauben Hand. Er spürte die Körnung des Felsens unter seinen Fingern, die horizontal gebrochenen Rippen, verharrte für einen Moment. Alles war in dieser Sekunde enthalten: seine Geburt und seine Jugend, seine Eltern, die am Tisch sitzend nicht wussten, wohin mit ihren Händen, die Mädchen, die ihn versorgt hatten, der Herzschlag der zum Gebirge aufgefalteten Erde. Als er sich zum Fährmann umdrehte, war sein Gesicht leer, eine blanke, gereinigte Fläche.

Die Nacht verbrachte er auf der Spitze des Berges. Es war unmöglich, zu schlafen. Die Sterne waren so nah, dass er sie anfassen wollte, doch dann fuhr seine Hand ohne Widerstand durch das staubige Licht, und ihm wurde schwindlig von der Weite und den Zumutungen des Alls, das sich ins endlose Nichts hinein ausdehnte, ohne zu zerreißen. Er ahnte die Anwesenheit des Fährmanns auf einer Felsplatte knapp unterhalb des Gipfels, hörte die Geräusche seines unruhigen Schlafes, das Murmeln, das Aufstöhnen in der dünnen Luft. An den Worten versuchte er, den Traum des Fährmanns zu erkennen, aber es war ihm unmöglich, er sprach diese Sprache nicht, konnte nur sagen, ob er weinte oder lachte, und dann, dass er still war. Ohne weitere Störung verfolgte er den Lauf der Nacht bis in den Morgen. Beim ersten Licht machte er sich an den Abstieg, obwohl er kaum die Hand vor Augen sah. Er hatte unendlich viel Zeit und wollte sie nicht verlieren. Schwankend und stolpernd tastete er sich abwärts. Der Fährmann schloss kurz zu ihm auf, aber er schüttelte ihn ab, indem er ein paar gefährlich große Schritte machte, über Blöcke und mannstiefe Spalten hinweg, über ein abschüssiges Geröllfeld, in dem er beinahe den Halt verlor und nur durch Glück sein Bein nicht brach. Er spürte das Brennen des Schweißes auf seiner Haut, einen kühlen Luftzug, der durch das offene Hemd über seinen Bauch strich, sodass ihn schauderte und er für einen Augenblick stehen blieb. Vom oberen Rand des Geröllfeldes sah der Fährmann zu ihm herab, eine winzige, gedrungene Gestalt vor der massiven Flanke des Berges. Er befand sich auf einem schmalen Rist zwischen zwei Anstiegen, rechts und links fielen die Steilwände senkrecht in eine schwarze, nicht zu ermessende Tiefe. Er ging zum Rand, kniete sich hin und sah hinein, bis er glaubte, eine Bewegung am Grund zu erkennen. Seine Haut flammte auf und verglühte wie ein Stern. Er roch die vom Regen gelöste Mehligkeit des Steins, die Kargheit der Pflanzen, die in der dünnen Luft um ihr Leben kämpften, Hahnenfuß, Krumm-Segge, blaugrüner Steinbrech, erkannte alles, wusste alles und vergaß es in der gleichen Sekunde. Er wandte sich zum Fährmann um, der das Geröllfeld passiert hatte und aufrecht, mit langen, entschlossenen Schritten in den Abgrund lief. Für einen Moment stand er über der Leere, dann war er verschwunden. Georg wartete auf ein Geräusch, aber es kam keins. Er war jetzt allein. Vor ihm, am Ende des Rists, erhoben sich drei hohe Felsblöcke. Die Sonne brach zwischen ihnen hindurch, blendete ihn, sodass er einen Moment zögerte, bevor er sich aufmachte und weiterging, über die Zeit hinaus, zur nächsten Kehre, zum nächsten Felsen, zum nächsten Hang

15

Bei der ersten Ahnung von Licht brechen wir auf.

Wir lassen alles stehen und liegen, nehmen nichts mit außer Lilianne. Über den Kadavern stehen die Fliegen. Ada wirft einen Stein hinein, und die Fliegen schrecken in Wolken auf, eine dunkle Körnung vor der aufgehenden Sonne. Wir sammeln uns am Eingang. Die Männer können uns nicht in die Augen sehen, sie gehen voraus, gerade so weit, dass wir nicht hören, wie sie dem Teufel gut zureden, den sie in ihre Mitte genommen haben. Als wir den Steinbruch verlassen, senken sich die Fliegen über die Kadaver. Ihr Gestank verfolgt uns bis zur ersten Kehre, dann riechen wir nur noch Lilianne, die wir in eine Zeltbahn gewickelt und mit Zeltleinen verschnürt haben. Wir tragen sie abwechselnd zu sechst, drei auf jeder Seite. Der Weg ist ganz anders als gestern. Die Schwerkraft zieht uns nach unten, und wir haben überhaupt keine Zeit, nachzudenken, die ganz Kleinen wollen auch getragen werden, die Größeren rennen ständig voraus und drohen zum Flussbett hin abzurutschen, ehe sie von ihren Müttern zurückgerufen werden und stehen bleiben, provozierend nah am Abgrund. Die Mütter zerren sie am Arm in unsere Mitte zurück. Je näher wir dem Dorf kommen, desto enger bleiben wir zusammen. Noch vor den ersten Häusern hören wir die Tiere in den Ställen schreien. Ihre Euter sind voll, sie haben Schmerzen, aber nichts, was sich nicht heilen lässt. Wir bringen Lilianne nach Hause, Maure ist bei ihr, meine Mutter, die anderen Frauen, dann setzen wir uns zu den Tieren und streichen die Milch aus, flüstern es ihnen zu: Es wird vorübergehen. Die Milch ist warm, wir trinken sie aus den Eimern, spucken sie wieder aus, bevor uns schlecht davon wird. Die Ställe stinken nach der Scheiße der Nacht. Obwohl wir nur kurz weg waren, ist uns für einen Moment alles fremd, und wir gehen wie Urlauber durch die leeren Straßen, betrachten die Häuser, die Plätze, überlegen, ob wir hier leben könnten. An der Mauer bleiben wir stehen. Die Steine liegen falsch herum, mit der glatten Seite nach unten. Unter der Kastanie ist es still, schattig. Wir setzen uns so, dass wir in alle Richtungen sehen können, setzen uns auf die Lehne der Bank und lehnen uns an den Stamm. Ada sieht auf die Mauer und auf den Hang, der sich dahinter erstreckt. Cass sieht auf die weißen, schief stehenden Häuser und auf die Straße, die sich in die Berge hinaufwindet. Séraphine sieht auf die Gleise, die ins Tal führen, und streicht sich die Haare aus dem Gesicht. Dort, wo Lilianne gesessen hat, lege ich den Stein hin, den ich von der Mauer genommen habe. Mein Blick geht in die abfallenden Wiesen, die vielfarbigen Blumen sind schon nicht mehr ganz frisch, ein fahles Rot, Blau, Gelb, die Köpfe dem Ende zugeneigt.

Viel mehr ist es nicht.

Der Hang.

Die Straße.

Die Gleise.

Ich schließe die Augen und stelle mir vor, wie sich die Bank zu drehen beginnt. Mein Kopf ist müde, aber frei, in den Drehungen schwindelt mir nicht. Über den Himmel ziehen dunkle, regenschwere Wolken, und ich spüre die Kühle auf dem Gesicht wie eine Aufforderung, ein scharf gesprochenes Wort.

Ich mache die Augen auf.

Ich muss mir nichts mehr vorstellen.

Die Wolken kommen aus den Bergen, von dort, wo mein Vater ist und nicht wiederkommt, eine ins Tal stürzende Walze, die über uns hinwegrollen und den Dreck abwaschen wird, den Schweiß, den Gestank, den Staub in unseren Haaren. Ada geht als Erste. Sie küsst uns auf die Wangen, ein langer, atmender Kuss, der sich losreißen muss, dann läuft sie durch den einsetzenden Regen davon, ohne sich noch einmal umzudrehen. Nach einer Minute springt Cass von der Bank und folgt ihr ohne Eile die Straße hinauf. Ich nehme Séraphines Hand und schaue mit ihr auf die Gleise, die ans Meer führen oder in eine große, glitzernde Stadt oder unendlich weiter, durch alle Tage und Nächte hindurch, bis ans Ende der Welt. Ausgerechnet Séraphine. Ihre Augen sind klar, der Dunst hat sich über den Teichen verzogen, ein tiefes, strahlendes Blau. Aber warum nicht sie. Sie ist so gut wie jede von uns, ein Mädchen des Dorfes, kein Kind mehr. Sie drückt meine Hand zum Abschied. Es regnet jetzt stärker, nach drei Schritten ist sie nass, das Kleid klebt dunkel an ihrer Haut, und ich kann die Umrisse ihres Körpers in aller Deutlichkeit erkennen, als wäre sie nackt. Ihr Körper wird aushärten, kantiger werden in der Stadt. Sie selbst wird eine andere sein, härter, kantiger, und ich hoffe, dass ich sie nicht erkenne, falls wir uns irgendwann wiedersehen.

An den Gleisen bleibt sie stehen. Ich schüttle den Kopf, bleib nicht stehen, dreh dich nicht um, komm nicht wieder. Der Regen läuft mir ins Gesicht, sodass Séraphines Gestalt wie unter

Tränen vor meinen Augen verschwimmt, dabei gibt es nichts zu beweinen, nicht dieses Glück, dass ein Mädchen aufsteht und geht, entlang der Gleise, der Schwerkraft folgend bis ins Tal.